本書出版得到國家古籍整理出版專項經費資助

類選唐詩助道微機

[明] 周汝登　編選　／　王治田　曲景毅　校點

明清稀見唐詩選本

曲景毅／主編

此書爲晚明心學家周汝登所編選。全書凡六卷，每卷各分兩門，共心學、家庭、君道、臣道、交友、邊塞、飲酒、靜趣、感策、對治、禪門、玄門十二門，收詩凡五百七十一首。每門之前有編者所撰小序，說明本門意旨。正文間有周汝登所加評語，從中可見其評詩意趣。

與一般理學家對待唐詩的態度不同，周汝登認爲唐詩多得之天才妙悟，可作爲「進道之資藉」，其所選詩歌及分門特點都體現出濃厚的心學色彩，其對詩歌文本獨特的闡釋點評，對於研究明代的心學家詩學具有重要的參考價值，對於後世讀者賞讀品鑒唐詩亦具有一定的啓示意義。

今以哈佛燕京圖書館所藏本爲底本，並參考《全唐詩》等校對整理，爲普通讀者的閱讀提供一個方便而可靠的文本。

上海古籍出版社

圖書在版編目(CIP)數據

類選唐詩助道微機 /（明）周汝登撰；曲景毅主編；王治田，曲景毅校點. —上海：上海古籍出版社，2019.11

（明清稀見唐詩選本）

ISBN 978-7-5325-9391-0

Ⅰ.①類… Ⅱ.①周… ②曲… ③王… Ⅲ.①唐詩—詩集 Ⅳ.①I222.742

中國版本圖書館 CIP 數據核字(2019)第 237113 號

明清稀見唐詩選本

類選唐詩助道微機

［明］周汝登 撰

曲景毅 主編

王治田 曲景毅 校點

上海古籍出版社出版發行

（上海瑞金二路 272 號 郵政編碼 200020）

（1）網址：www.guji.com.cn

（2）E-mail：guji1@guji.com.cn

（3）易文網網址：www.ewen.co

上海展强印刷有限公司印刷

開本 850×1168 1/32 印張 13 插頁 2 字數 250,000

2019 年 11 月第 1 版 2019 年 11 月第 1 次印刷

印數：1—2,500

ISBN 978-7-5325-9391-0

I·3440 定價：58.00 元

如有質量問題，請與承印公司聯繫

021-66366565

前言

《類選唐詩助道微機》，明人周汝登編選。周汝登(1547—1629)，字繼元，號海門，人稱「海門先生」，浙江嵊縣人，明代後期心學傳人。年十四而孤，十八爲諸生。萬曆丁丑(1577)第進士，授南京工部屯田主事，督稅蕪湖。時朝廷議增稅額，汝登不忍横征，謫官兩淮運倅，以禮教、鄉約訓導鄉民。後陞南京兵部車駕司主事，轉驗封司郎中，官至南京尚寶司卿、太僕寺少卿。年八十三，詔起工部尚書，未任而卒。著有《東越證學録》《聖學宗傳》《聖行宗系》《四書宗旨》等，門人陶望齡編其詩文爲《周海門先生文録》十二卷。生平見黄宗羲《明儒學案》卷三十六、《嵊縣志》(民國廿三年修)卷十四。

是書凡六卷，每卷各分二門，共心學、家庭、君道、臣道、交友、邊塞、飲酒、静趣、感策、對治、禪門、玄門十二門，收詩凡五百七十一首。每門之前有汝登所撰小序，説明本門意旨。正文間有汝登所加評語，從中亦可見汝登的評詩意趣。書前冠有其門人方如騏所撰《助道微機或問紀》，自言此書撰成之後，有人問難於汝登，汝登遂一一答以撰作之意。如騏時在其旁，親聞其論，遂筆而紀之，請於汝登，以弁於端。今謹就周汝登的詩學旨趣做一概述。

一、取其盛者以資進道：周汝登評唐詩

周汝登作爲一個心學家，對於唐詩的關注和愛好，是一個頗爲值得玩味的話題。《助道微機或問紀》載：或人問道：「唐人留連光景，浮逞詞華，去道良遠，而取以助道，何也？」這樣的疑惑並非毫無來由。自宋代以來，理學家對詩詞歌賦這樣的文學作品多持貶斥的態度。北宋程頤（1033—1107）即云：「某素不作詩，亦非是禁止不作，但不欲爲此閒言語。」又云：「且如今言能詩，無如杜甫。如云：『穿花蛺蝶深深見，隔水蜻蜓款款飛。』如此閒言語，道出做甚！」①將詩歌看作無關緊要的「閒言語」，乃至得出「作文害道」的結論。朱熹（1130—1200）對於詩文頗有見地，但亦認爲作詩乃是「第二義」：「今人不去講義理，只去學詩文，已落第二義。況又不去學好底，卻只學去做那不好底。」②明代理學家陳獻章（1428—1500）亦云：

① 程顥、程頤《二程集》卷十八，北京：中華書局 2004 年，第 239 頁。
② 朱熹《朱子語類》卷一百四十，北京：中華書局 1986 年，第 3334 頁。

晉魏以降，古詩變爲近體，作者莫盛於唐，然已恨其拘聲律，工對偶，窮年卒歲，爲江山、草木、雲煙、魚鳥，粉飾文貌，蓋亦無補於世焉。若李、杜者，雄峙其間，號稱大家，然語其至，則未也。①

由此可以看出一般理學家對於詩歌的態度。心學作爲宋明理學的分支②，對於詩歌的態度，也受到了前輩的影響。晚明思想家郝敬(1558—1639)《談經》有云：「唐人以詩課士，擬以題目，律以對偶，限以聲韻，局局蹐蹐，性情之旨乖矣。……故詩盛於唐，亦壞於唐。」這與明代詩壇普遍流行的「宗唐」風氣形成鮮明的對比。由此觀之，有人以爲唐詩只是「流連光景，浮逞詞華」，因此「去道良遠」，當亦出於同樣的考慮。

然而，與一般的道學家不同，周汝登對唐詩卻情有獨鍾。他說：

子必講説義理，作訓詁頭巾語，然後謂之道而始爲助也乎哉？試爲子詳言之。夫道著於

① 陳獻章《夕惕齋詩集後序》，《陳獻章集》卷一，北京：中華書局 1987 年，第 11 頁。

② 學者一般將程朱理學和陸王心學，都看作宋明理學的範疇。此説起於黄宗羲：「有明文章事功皆不及前代，獨於理學，前代之所不及也。」其所謂「理學」，亦包含心學在内。此説亦被現代學者繼承。見侯外廬《宋明理學史》(人民出版社 1987 年)、陳來《宋明理學》(華東師範大學出版社 2004 年)。

經，經六而《詩》處一。《詩》若《雅》《頌》諸篇，皆聖哲述作，至《國風》中，淺言恒語，出自愚夫婦之口者，聖人皆删而存之，次於《雅》《頌》之前，直與《易》之卦彖象爻、《書》之典謨訓誥並列而爲經，此何以故？蓋聖哲與庸愚一心，臭腐與神奇一理，不説義理中有真説處。是故蒭蕘可詢，邇言可察。而况唐人之詩，多得之天才妙悟。以爲《三百篇》之鼓吹，而作吾人進道之資藉，何不可也？（《助道微機或問紀》）

他不但不貶斥唐詩，而且把唐詩作爲「助道之資」，這在心學家中是非常特别的。在他看來，唐詩源於《詩經》的「國風」，既然聖人並没有删去這些出自「愚夫婦」之口的篇章，那麽唐詩也自然有不可磨滅的價值。聖哲和凡愚之心，并無本質差别，只是覺之先後、知之大小而已。正如《禮記·中庸》所云：「君子之道費而隱。夫婦之愚，可以與知焉，及其至也，雖聖人亦有所不知焉。夫婦之不肖，可以能行焉，及其至也，雖聖人亦有所不能焉。」①可見在對道的體認上，聖哲與愚夫婦並無根本之别。因此，周汝登認爲，唐詩雖然也是出自愚夫婦之口的「淺言恒語」，但其多得之天才妙悟，未嘗不能作爲「進道之資藉」。

或人又問道：「子取詩於《三百篇》後，漢魏六朝，何以遺之？」既然要選取作爲「《三百篇》

① 朱熹《四書章句集注》，出自《朱子全書》（陸），安徽教育出版社、上海古籍出版社2002年，第38頁。

之鼓吹」的詩篇來藉以進道，爲何不取更爲高古的漢魏六朝詩，而要選擇唐詩呢？汝登答曰：

夫子删《詩》，而獨取周焉。《商頌》止惟五章，頌外豈無風雅？即如虞夏曾見《擊壤》之謡、《五子之歌》，則他詩當不乏，而何以皆未之及？蓋《詩》至成周而盛，亦取其盛者而已。辟如荷之菡萏，梅之蓓蕾，非無色澤馨香，而吾人賞玩，每于開敷爛熳時，亦理勢自然，非意之也。然則觀詩於《三百篇》後，其亦至唐而始盛乎！

上古三代雖然也有很多詩歌，但孔子删《詩》，只取成周，這是因爲成周是三代詩歌發展的高峰；這正如觀花要取其色彩爛漫之時，唐代是《詩經》之後中國古典詩歌發展的最高峰，因此要專取有唐一代。

周汝登的這種看法應當受到明代唐詩學的影響，而與同爲理學家的郝敬「詩壞於唐」的看法形成對比。周汝登的選詩也受到當時流行的唐詩選本的影響。論者已經指出，此書的選詩和評詩與高棅《唐詩品彙》有著密切聯繫，除了一些删節和訛誤之外，「周氏選本中，大量的詩注，都不同程度地參考了高棅的選本注文，甚至是完全照録」①。筆者經過比照，認同這一判斷。

① 宋薈彧《詩道人心：晚明心學家的唐詩選本》，《内江師範學院學報》2015 年第 3 期。

這裏可以再增加兩條證據。《類選唐詩助道微機》卷一杜甫《過津口》詩末注云：「趙次公曰：「白魚」「黄鳥」，物之通塞，雖微而不足道，而仁者於物，每惻隱其困塞。於此琴酒，思聖賢寂寞，亦自適耳。」此處評語完全録自《唐詩品彙》卷八。而這段話其實是高棅隱栝趙次公的兩條注文而成。今見《九家集注杜詩》卷十六引趙次公注文云：

白魚以羣而小，(團)〔困〕於密網，物之所以塞者也。黄鳥以和風春日之際，而嘉音喧然，物之所以通者也。物之通塞，雖微不足道，而仁者於物，每則隱其困塞矣。孟子曰：「惻隱之心，仁之端也。」

另一條注文云：

於此有酒可飲，有琴可玩，而思聖與賢，兩皆寂寞，無(典)〔與〕言者，則亦獨開襟而自適耳。

周汝登並没有直接去查證趙次公注的原文，而是直接抄録高棅隱栝後的文字。

再如宋之問《别杜審言》一詩，本爲五言律詩，詩云：「卧病人事絶，嗟君萬里行。河橋不相送，江樹遠含情。别路追孫楚，維舟弔屈平。可惜龍泉劍，流落在豐城。」高棅截取前四句，成一絶句，題下注云：「按：本集爲五言律詩。」周汝登沿襲了高棅的版本，卻未加以注明。凡此，皆可見其對《唐詩品彙》的依賴。嘉靖以後，高棅《唐詩品彙》一書被士人們奉爲圭臬，對於後七子的復古詩論也起到推波助瀾的作用①。周汝登之以高氏選本爲底本，當亦受了時代風氣的影響。

不過，周汝登並不完全是將《唐詩品彙》原文照搬，有時會酌情對原注文的位置進行挪動。如卷一柳宗元《南磵中題》詩末注有「東坡云」和「《筆墨閑録》云」諸條，在《唐詩品彙》中原作題下注；再如韓愈《齪齪》詩末注，《唐詩品彙》卷二十原在題下。又如劉長卿《碧澗別墅喜皇甫侍御相訪》題下注，《唐詩品彙》卷六十四原在詩末。有時周汝登會對《唐詩品彙》的注文進行櫽栝，如《寄東魯二子》詩末注：「范德機云：天下喪亂，骨肉離散，此其憂思之正者也。」《唐詩品彙》卷五注文原爲：「范德機云：天下喪亂，骨肉離散。此《北征》『入門號咷』以下意也。然彼合此離，彼有哭其死，此則憐其生。彼兼時事，此乃單詠。要其憂思之正者也。」周汝登的注實

① 關於《唐詩品彙》在明代的影響，《明史・高棅傳》云：「其所選《唐詩品彙》、《唐詩正聲》，終明之世，館閣宗之。」《四庫全書總目・唐詩品彙提要》云：「《明史・文苑傳》謂：終明之世，館閣以此書爲宗。厥後李夢陽、何景明等摹擬盛唐，名爲崛起，其胚胎實兆於此。」然而陳國球提出異議，認爲《唐詩品彙》雖然編纂較早，但直到嘉靖年間纔受到學者的重視；此前，真正風行的唐詩選本是元人楊士弘編的《唐音》一書。參見陳國球《唐詩的傳承——明代復古詩論研究》，臺北：學生書局 1990 年，第 217—233 頁。

爲檃栝原文而成。這些都可以看出周汝登編纂工作的靈活性。此外，《類選唐詩助道微機》雖然基本以《唐詩品彙》爲底本，但個别文字與底本亦偶有出入，其中除了一些明顯的訛誤外，尚有：

卷二，李華《詠史》：「天王親割酌。」「酌」，《唐詩品彙》作「烹」；「文物此朝成」，「成」，《唐詩品彙》作「盛」。陳陶《閒居雜興》：「白雲閒釣五谿漁。」「漁」，《唐詩品彙》作「魚」；注「不可謂世物英雄也」，「不」《唐詩品彙》作「未」。

卷三，孟浩然《送子容進士舉》：「茂陵余偃息。」「茂陵」，《孟浩然集》宋本、汲本及《全唐詩》《英華》《唐詩品彙》均作「茂林」，此當據《孟浩然集》明活字本。卷四王維《送劉司直赴安西》：「胡煙與塞塵。」「煙」，《唐詩品彙》卷六十一作「沙」。「蒲桃逐漢臣」，「蒲桃」《唐詩品彙》作「葡萄」。

卷六，張祜《題萬道人房》：「何處開禪壁，西山江上峯。」「開」，《唐詩品彙》卷六十七作「聞」；「山」，《唐詩品彙》作「南」。吴筠《步虛詞三首》其一：「瓊津湛洪源。」「瓊」，《唐詩品彙》卷二十三作「碧」。

由此可以看出，《類選唐詩助道微機》雖然整體上以《唐詩品彙》爲底本，但在編纂過程中也適當參考了其他版本，其中或有周汝登據己意擅改者。

二、無善無惡心之體：作爲心學家的唐詩觀

《類選唐詩助道微機》作爲心學家的唐詩選本，體現了濃厚的心學色彩。傳統上一直認爲，周汝登屬於羅汝芳（1515—1588，號近溪）一派，但近來學者有認定汝登當屬王畿（1498—1583，號龍溪）學派者①。而無論是王龍溪還是羅近溪，均將王陽明「四句教」中「無善無惡心之體」一句，作爲自己的立教之旨②。周汝登作爲其後學，更是將「無善無惡」之旨發揮到了極致③。這種觀點在《類選唐詩助道微機》中也有所體現。《助道微機或問紀》載，或人問曰：「聖人以『思無邪』蔽《詩三百》，故善以感發人，惡以懲創人，義甚著明。子取唐詩，當不外是義。而以爲微機，何

---

① 黄宗羲《明儒學案》將周汝登歸入羅汝芳門下「泰州學案」，後世學者多有承襲其説者。彭國翔根據周汝登自己的文集和同時人的記載，認定周汝登當歸入龍溪王畿學派，其説可信。見彭國翔《周海門學派歸屬辨》，《浙江社會科學》2002 年第 4 期。

② 日本學者岡田武彦將王龍溪、王心齋、羅近溪等，都歸入「現成派」的系統。見其《王陽明與明末儒學》，上海：上海古籍出版社 2000 年，第 105—117、168—180 頁。

③ 周汝登與前輩學者許敬庵在 1592 年進行了圍繞「九諦九解」之争的論辯，這場論辯使得周汝登之學流行一時。而在這場論辯中，周汝登的主要觀點便是「無善無惡，斯爲最善」之説。見王格《「九諦九解」之争始末考》，《哲學動態》2014 年第 12 期。

也？」「故善以感發人，惡以懲創人」之說，出自朱熹《論語集注》對「思無邪」一語的注解：「思無邪，魯頌《駉》篇之辭。凡《詩》之言，善者可以感發人之善心，惡者可以懲創人之逸志，其用歸於使人得其情性之正而已。」①然而周汝登卻以爲，《詩經》之旨與感善懲惡無關。他說道：

蘇子瞻氏不云乎？「無思則土木也，有思皆邪也。」是知無邪之思，思而無思也。《卷耳》思夫，《陟岵》思親，《黍離》思君，「時周」之繹思，《烈祖》之思成，非無思，非有思也。惡固難指，善亦難名也。推之他篇，莫不皆然。即或有所贊揚，而不作好心，贊而無贊也；即或有所刺譏，而不作惡心，譏而無譏也。夫子曰：「興於《詩》。」詩之被人，如風之長物。萬物孚萌，而神功無朕，無可形容。借「思無邪」之一言，全《詩》旨要，悟此而始盡也。夫知《三百篇》蔽於「無邪」，然後知《易》之卦象彖爻蔽於「無體」，《書》之典、謨、訓、誥蔽於「無爲」。千聖之旨要合，故六經之垂訓同耳。吾人窮經以求道，則必觸類以會經。故予於唐詩，亦竊取斯旨。

這裏引用蘇軾「有思皆邪」的論斷。蘇軾於紹聖二年（1095）作《虔州崇慶禪院新經藏記》云：「孔子曰：『《詩》三百，一言以蔽之，曰「思無邪」。』夫有思皆邪也。善惡同而無思則土木也。云

① 《四書章句集注》，《朱子全書》（陸），第74頁。

何能使有思而無邪，無思而非土木乎？嗚呼！吾老矣，安得數年之暇，託於佛僧之宇，盡發其書，以無所思心，會如來意，庶幾於無所得故而得者？」表達了自己的佛禪情結。蘇軾後來所作的《續養生論》發揮其旨，云：「孔子曰：『思無邪。』凡有思皆邪也，而無思則土木也。孰能使有思而非邪、無思而非土木乎？蓋必有無思之思焉。夫無思之思，端正莊栗，如臨君師，未嘗一念放逸，然卒無所思。」《思無邪齋銘并叙》亦云：「夫有思皆邪也，無思則土木也。吾何自得道，其惟有思而無所思乎？」①所謂「無思之思」、「有思而無所思」，與佛家講究的不執著於有、無兩邊的「中道」思想頗爲相通。周汝登生活在晚明「三教合一」的思想環境中，其學説有强烈的「援佛入儒」的色彩。王龍溪、王心齋（王艮，1483—1541）和羅近溪等「王學左派」的思想，本身便有很强的「狂禪」色彩。周汝登對於「思無邪」的解釋，以爲「非無思、非有思」，便有禪宗思想的痕跡。然而，與禪宗不同的是，周汝登强調「無善無惡」的心體能够長養萬物的特性，故云：「詩之被人，如風之長物。」這顯然又是儒家的思想。由是可見，周汝登的思想雖然摻雜了佛家的内容，但其根底還是儒家的。

《類選唐詩助道微機》的分門也是與其思想體系相契合的。爲首的是「心學」一門，是爲海門論學之要。王陽明的後學之中，龍溪、心齋一脈强調「當下現成」，以吾心之自然流行作爲本

① 分别見《蘇軾文集》卷十二、卷六十四、卷十九，北京：中華書局 1986 年，第 390、1984、575 頁。

體和生命①。其中，龍溪更側重以直覺的頓悟心體爲工夫，其云：「當下本體，如空中鳥跡，水中月影，若有若無，若沉若浮，擬議即乖，趨向轉背，神機妙應。當體本空，從何處識他？於此得個悟入，方是無形象中真面目。」②在給王宗沐的信中又説道：「當下一念獨知處用力，使之直達流行，使之全體放下。」③這種對於頓悟心體的强調，卻有忽略切實的爲學工夫的危險，易有蹈空之弊。相較而言，心齋之學更注重以修身爲立本，提出「百姓日用即道」之説④。羅近溪承接心齋之學，以「孝弟慈」爲格物之本，云：「從此一切經書，皆必歸會孔、孟，孔、孟之言，皆必歸會孝弟。以之而學，學果不厭；以之而教，教果不倦；以之而仁，仁果萬物一體。」⑤周汝登雖以王畿爲本師，但卻不以空談爲工夫，而是着重在日用倫理間入手。他説：「學術不外尋常，捨了家庭，更無所謂學者，故吾儒以堯舜之道盡孝弟。」⑥又云：

---

① 岡田武彦《王陽明與明末儒學》，第104頁。
② 黄宗羲《明儒學案》卷十二，北京：中華書局2008年，第246頁。
③ 王畿《王龍溪先生全集》卷十一，道光二年(1822)會稽莫氏重刊本。
④ 《年譜》四十六歲條云：「先生言『百姓日用是道』，初聞多不信。先生指僮僕之往來，視聽持行、泛應動作處，不假安排，俱是順帝之則，至無而有，至近而神。」《重鐫心齋王先生全集》卷二，哈佛大學燕京圖書館藏萬曆刊本。
⑤ 《泰州學案三》，《明儒學案》卷三十四，第790頁。
⑥ 周汝登《越中會語》，《周海門先生文録》卷二，《四庫全書存目叢書·集部》第165册，據北京圖書館藏明萬曆張元憬刻本影印，濟南：齊魯書社1997年，第170頁。

致良知須是下老實做工夫，如家庭日用間，有不妥處，便須於此知非，知得便改。知要真知，不可自放出路，這個學問再不許空談。空談得良知活靈靈，成甚用？①

周汝登雖未必如《明儒學案》所載，對羅近溪供像祭祀、事之終身②，但其與近溪門人如楊起元（1547—1599）過從甚密，未始没有受過近溪思想的浸染。故其在「心學」一門中闡發宗旨之後，便有家庭、君道、臣道、交友、邊塞、飲酒、静趣、感策、對治等門類，所謂「卷卷皆心，卷卷皆學」③，由家庭、朝政乃至獨處之趣，從世俗日用的各個側面，展現其良知之所以爲學的豐富内涵。「家庭」門序云：「學問之道，始于家庭。家庭間，父子、兄弟、夫婦，天倫聚焉，天倫敦而所謂心學無餘事矣。」以家庭爲學問之始，這與羅近溪的以「孝弟慈」爲學問之本相通。由家庭而擴展至君臣、朋友、邊塞。「君道」一門，包括了君臣唱和、臣子早朝等篇，都是頌揚君德的作品。最後收録的李華《詠史》、高適《宋中》等篇，看起來與君主並無關係，但其實是以詠史來諷喻君王的作品。李華《詠史》稱譽了漢武帝修定禮樂、創建太學，以使單于向風的功

---

① 周汝登《剡中會語》，《周海門先生文録》卷三，第 185 頁。

② 彭國翔對《明儒學案》此段記載的史料來源，表示疑問。見《周海門學派歸屬辨》，《浙江社會科學》2001 年第 4 期。

③ 《類選唐詩助道微機》「心學」門末注。

德。有趣的是，李華在這裏把匈奴的降伏歸功於漢武帝的文德，並説單于在聽説武帝的文德之後，要放馬南山、銷兵偃武：「單于驟款塞，武庫欲銷兵。」這顯然是不符合歷史事實的，因爲漢武帝對匈奴的征服，事實上是通過幾次大規模的戰爭進行的，這些戰爭造成了漢朝國力極大的損耗。一般史學家在肯定漢武帝在獨尊儒家、恢復文教方面的功績時，對其窮兵黷武也多有批評①。然而李華卻把匈奴對漢朝的歸順，歸功於武帝的文德，這是通過褒揚武帝的文德，以借古諷今而已。周汝登進而評論道：「舞干羽於兩階，有苗來格，此道鮮有窺其微者。華之識及此矣。是以看得到，言得親切。」又進一步將漢武帝的文德與堯舜的「舞干羽於兩階，有苗來格」相提並論，把漢武帝看作是以文偃武的聖明之君。這雖然有悖於史實，但卻可以看出其心學家的獨特眼光。同樣，高適《宋中》一詩，也是對宋景公不忍移禍於蒼生之事表示頌揚②。詩云：「君心本如此，天道豈無知？」言君心仁厚，天道有知，亦將爲其降福。周汝登則批云：

---

① 如班固在肯定了漢武帝的功績之後，説道：「如武帝之雄材大略，不改文、景之恭儉以濟斯民，雖《詩》《書》所稱何有加焉！」言下之意，將武帝改變了文景時期「休養生息」的政策當作白璧之瑕，可見其對武帝的擴張政策頗有微詞。見《漢書・武帝紀贊》，北京：中華書局 1962 年，第 212 頁。

② 宋景公三十七年（前 480），熒惑守心，景公憂有大禍，問於太史兼司星官子韋。子韋説，可移禍于宰相或蒼生。景公念及天下蒼生，皆不同意。子韋云：「天高聽卑，君有君人之言三，熒惑宜有動。」果然熒惑移動了三度。見《史記・宋微子世家》，北京：中華書局 1959 年，第 1631 頁。

「君心與天道，隨感而應，此理誠然，猶是兩个。君心即天道，初無有二，故曰『本如此』。天道之知，即吾心之知，故曰『豈無知』。」言君心與天道本是一非二，有把高適的詩意推進一步。這樣的解釋固然未必符合高適詩的原意，但卻具有濃厚的心學氣息。王陽明即云「心外無物、心外無事、心外無理、心外無義、心外無善」①。既然如此，則天道也只在心中，與人心無異了。即周汝登所謂：「天道之知，即吾心之知。」

不僅「君道」門，整本《類選唐詩助道微機》都充滿了濃厚的心學氣息。如其「臣道」門序云：「臣道非一，總根于忠君愛國之心。有其心，自然盡其道。……唐詩中，往往有歌吟是事者。予覽其詞而惕於衷，或爲之欣然以喜，或爲之悚然以敬，或爲之勃然怒而衝冠，皆可以備勸戒之道，而鼓激此心者，因録而時時詠之。」「交友」門序云：「每讀唐詩，有義關友朋者，别爲拈揭，聊用舒懷。若樂天、昌黎等，能敦斯道，可法；韋蘇州賦性高潔，所至焚香掃地而坐，似與世無偶者，而懷友之念獨殷，首首不乏其致，尤可喜可敬也！他歎遭遇之難，傷交道之喪，俱堪儆心，更足墮淚。嗟乎！《伐木》而後，其闡揚爲加暢也已！」均從心之所發處著眼。至於「邊塞」之事，看似與心學無關。但周汝登認爲，歷來朝廷之所以邊患不斷，是因爲不得其策而禦。溯其本源，還是要正心誠意、廣修文教，則邊患自弭：「而文德誕著，遠人自來，此格之實理也。」如

① 王陽明《與王純甫二（癸酉）》，《王陽明全集》卷四，杭州：浙江古籍出版社 2011 年，第 168 頁。

是，則邊塞戰争之事，亦被納入心學的範疇。誠如王陽明所謂：「破山中賊易，破心中賊難。」①要想平定天下，亦須從修心做起。「飲酒」、「静趣」兩門，亦與平素獨處的日常修養密切相關。「感策」爲空幻之思，「對治」爲生死之勘；「禪門」、「玄門」則爲釋、道之想，體現了周汝登作爲晚明心學家的「三教合一」、援佛援道入儒的思想傾向②。正如其自序所云：「『心學』卷中，明爲剖發，而『家庭』以下，無一非心思之用。是以總稱「微機」焉。「機」即非無思，「微」即非有思。總以體會『思無邪』之旨而已。」周汝登將諷詠唐詩與其「良知」之學結合起來，建構了一個心學家的詩學世界。

三、六經注我：《類選唐詩助道微機》的詩歌闡釋學

心學鼻祖陸九淵（1139—1193）云：「學苟知本，六經皆我注脚。」③可以説，「六經注我」正是心學家闡釋經典的基本方式。這種闡釋方式，不僅被心學家用在經學注疏中，也用在文學批評

---

① 王陽明《與楊仕德薛尚謙》，《王陽明全書》卷四，第 181 頁。

② 參見魏月萍《君師道合：晚明儒者的三教合一論述》第五章《周汝登——三教「統體」與君師道》，臺北：聯經出版事業股份有限公司 2016 年，第 267—320 頁。

③ 《語録》上，《陸九淵集》卷三十四。

中。《類選唐詩助道微機》正是這種詩歌闡釋學的體現，書中除了大量抄録高棅《唐詩品彙》的評語，也增添了不少自己的評語。從體式上看，周汝登自己的評語大約分爲兩種，一種是詩末評語，如卷一岑參《送子尉南海》末評云：「勉之以廉，婉而切！」可稱之爲「末評」。另一種是在幾首詩後加以總結性的評論，如卷一對於張九齡《登荆州城望江》《春江晚景》《晨出郡舍林下》三詩評云：「三首皆曲江之詩，首首不脱『心』字。」云云，可稱之爲「合評」。這種「合評」可以説是周汝登的創造，在其他詩歌批評著作中并不多見。關於其詩歌批評的方法①，周汝登在「心學」門序中，在總結前人經驗的基礎上，提出了他解詩的四個辦法：

吾觀古人讀詩，其取之道有四：一直贊，二觸發，三假借，四微妙。直贊者，以如是人作如是語而贊之，如「爲此詩者，其知道乎」之類是也。觸發者，作者未知，而聽者致察，如觸《滄浪之歌》而發自取之道是也。假借者，詩意在彼，而借明在此，如「豈不爾思，室是遠而」，借明思則不遠之理；「乃積乃倉」、「爰及姜女」，借作好貨好色之徵是也。四微妙，如《易》之韻語，有「豕負塗，載鬼一車，先張之弧，後説之弧」，鏡中花，水中月，劉須溪謂「妙處不必可解」者是也。

① 關於此書「以義理説詩」的批評方法，周興陸《周汝登〈唐詩助道〉淺論》（《浙江社會科學》2014 年第 4 期）已有論述，筆者將結合周汝登的評語作進一步介紹。

這裏，周汝登對古人的詩歌闡釋方法進行了總結。所謂「直贊」即直接點明詩意、加以評論。如《詩經·豳風·鴟鴞》云：「迨天之未陰雨，徹彼桑土，綢繆牖户。今此下民，或敢侮予？」《孟子·公孫丑上》引孔子評曰：「爲此詩者，其知道乎！能治其國家，誰敢侮之？」又，《詩經·大雅·烝民》：「天生烝民，有物有則。民之秉彝，好是懿德。」《孟子·告子上》引孔子評曰：「爲此詩者，其知道乎！故有物必有則，民之秉彝也，故好是懿德。」此皆直接點明詩意而加以贊語，是謂「直贊」。《類選唐詩助道微機》卷一評張九齡《登荆州城望江》《春江晚景》《晨出郡舍林下》三詩云：

三首皆曲江之詩，首首不脱「心」字。初首登城望江，而遂究天地之終始，歲月之如流，乃發愁心。夫其所愁何在耶？次首春心自得，而佳處莫傳。惟其能愁，故能自得也。末首享無事之貴，知物外之心，見益超，趨益深矣！曲江爲唐朝賢相，風節凛然。其根本于此見之，非偶然也。

此分别點出三首詩之體旨，又指出其與「心」之關係，與孔子以「知道」論詩，異曲同工。

第二種爲「觸發」，即「作者未知，聽者致察」，即作者原詩雖無其意，但解詩者卻生發出另外的闡釋。如《孟子·離婁上》：「有孺子歌曰：『滄浪之水清兮，可以濯我纓；滄浪之水濁兮，可以濯我足。』孔子曰：『小子聽之！清斯濯纓，濁斯濯足矣，自取之也。』」此孺子之歌，本來是表達歸隱之意，但孔子卻從中引申出了「自取」之意。周汝登也使用了這種解詩法。如前所云，對李華《詠史》一詩的解釋，原詩只是頌揚漢武帝的文德，而周汝登卻將其文德與堯舜相提並論，這是對原詩意旨有所引申的闡釋。

第三種爲「假借」，即原詩本來説的是一個意思，卻借用來説明另外一個道理。如《論語·子罕》：「唐棣之華，偏其反而。豈不爾思，室是遠而。子曰：未之思也，夫何遠之有？」孔子所引詩句不見今《詩經》，當爲逸詩，詩意是説：我豈不想念你呢？只是因爲我家太遠了（没辦法去看你）。孔子卻借來指責其「不思」之過。周汝登亦用此法，如前引對高適《宋中》一詩的解釋。原詩本無「天道與人心爲一」這樣的心學思想，卻被周汝登用來爲心學作注腳。再如其評李益《九日登高》一詩：「世路山河險，君門煙霧深。年年上高處，未省不傷心。」原詩只是表達自己求進無門的傷感，而周汝登卻評論道：「孟子曰：『動心忍性，增益其所不能。』人最怕是不動心，冥冥漠漠，過此一生。夫能知傷心，則心動矣。心動肯甘于醉夢已耶？」傷心也是「動心」的一種，人只要心有所動，便會有上進求知的欲望。再如李商隱《端居》：「遠書歸夢兩悠悠，只有空牀敵素秋。階上青苔與紅葉，雨中寥落月中愁。」本來是表達自己端居寂寞、愁苦無聊之情。周汝登卻評論道：「此心不知安頓，雨中月中，頭頭是礙。」批評李商隱心無所安頓，所以纔會覺得愁苦難耐。以高適、李益、李商隱之詩來講説義理，完全脱離了原詩的語境，頗類似古人「斷章取義」的辦法，這便是「假借」的解詩法。

最後一種是「微妙」，如鏡花水月，可意會而不可言傳者。如周汝登評韋應物《雜體》詩曰：「其意正平而朴素可尚，非無衒麗，静且不慘。」又如卷一評《春女怨》以下二十一首詩，「皆微妙之詞」。用模糊而印象式的語言加以批評，此即「微妙」的解詩法。這四種解詩法，都可以看作周汝登作爲心學家，對於詩歌闡釋學的總結和探索，對於研究明代的心學家詩學具有重要的參考價值。

曲景毅附記：關於本書的附録，容有贅言。附録一是周汝登所編纂之《邵康節楊慈湖詩抄》，自云二先生詩，「其語彌似禪，而其旨彌徹」，故各爲摘録數十首，以附《微機》之後。邵雍（1012—1077）、楊簡（1141—1226）爲宋代理學家，并以詩名。汝登選録二人之詩，欲以彰顯理學家詩學旨趣。正如汝登所言，二人之詩於理學中又富有禪味，正與汝登「援佛入儒」之宗旨相契。故今一併整理，以便學者相參證。附録二爲魏月萍《助道微機：周海門「心學」與「詩觀」之關係》一文。本書整理稿完成之時，恰與在馬來西亞執教的月萍郵件往還。月萍專攻明清思想史，曾賜大著《君師道合：晚明儒者的三教合一論述》（臺北：聯經出版事業股份有限公司，2016年）於我，我在整理本書前言時也有引述。她曾與我在新加坡南洋理工大學共事多年，彼此相處甚爲融洽，引爲同道。此時想起她早在2009年就發表此文，這較大陸學者的研究成果早了若干年。只是文章本發表於馬來西亞，不易檢索閲讀（此次撰寫前言之時也未及參考），故而向她問詢能否將其大作收入本書，作爲附録以饗讀者。她欣然應允，并於規定時間内仔細修改潤飾，相信她的大作對於瞭解《類選唐詩助道微機》定有裨益。對於以上二人，深表謝忱。

整理凡例

一、此次整理以哈佛燕京圖書館所藏十竹齋刻本《類選唐詩助道微機》爲底本，由《助道微機或問紀》、序言（總序和各門小序）、選詩、評語幾部分組成。原附有周汝登所編纂之《邵康節楊慈湖詩抄》，今亦一併整理作爲附録。

二、周汝登之選詩，多以《唐詩品彙》爲底本，間有參考他本或以己意擅改處。今以明汪宗尼校訂本《唐詩品彙》爲校本，並參考《初學記》《文苑英華》《唐詩紀事》和各詩人别集等予以校對。

三、附録之《邵康節楊慈湖詩抄》，分别參考《伊川擊壤集》（《邵雍集》，中華書局 2010 年版）、《慈湖遺書》（文淵閣《四庫全書》本，其詩集在卷六）加以校對。

四、原詩間附評語，今一併移至詩後，以【原評】出之，並以注碼標示相應位置。原有合評數首之評語，則以〔總〕標識。

五、底本夾注有注釋及校勘文字，與評語性質不同，則仍置於原文下。

助道微機或問紀

助道微機者，吾師海門先生之筆也。既成，或有問於先生者曰：「唐人留連光景，浮逞詞華，去道良遠，而取以助道，何也？」先生曰：「子必講說義理，作訓詁頭巾語，然後謂之道而始爲助也乎哉？試爲子詳言之。夫道著於經，經六而《詩》處一。《詩》若《雅》《頌》諸篇，皆聖哲述作，至《國風》中，淺言恒語，出自愚夫婦之口者，聖人皆刪而存之，次於《雅》《頌》之前，直與《易》之卦彖象爻、《書》之典謨訓誥並列而爲經，此何以故？蓋聖哲與庸愚一心，臭腐與神奇一理，不說義理中有真說處。是故芻蕘可詢，邇言可察。而況唐人之詩，多得之天才妙悟。以爲《三百篇》之鼓吹，而作吾人進道之資藉，何不可也？」

或人唯唯，又問曰：「聖人以『思無邪』蔽《詩三百》，故善以感發人，惡以懲創人，義甚著明。子取唐詩，當不外是義。而以爲『微機』，何也？」先生曰：「『無邪』之旨，作感善懲惡之解，則篇中『不識不知』、『無聲無臭』、『不已』、『不顯』等語，屬之善耶？惡耶？將以勸耶？懲耶？他若

《芣苢》《風雨》諸詩，本無善惡可指，而强作勸懲。無美稱美，非淫謂淫，豈聖人無邪之旨哉？」曰：「然則『思無邪』，何謂耶？」曰：「蘇子瞻氏不云乎？『無思則土木也，有思皆邪也。』是知無邪之思，思而無思也。《卷耳》思夫，《陟岵》思親，《黍離》思君，「時周」之繹思，《烈祖》之思成，非無思，非有思也。惡固難指，善亦難名也。推之他篇，莫不皆然。即或有所贊揚，而不作好心，贊而無贊也；即或有所刺譏，而不作惡心，譏而無譏也。夫子曰：『興於《詩》。』詩之被人，如風之長物。萬物孚萌，而神功無朕，無可形容。借『思無邪』之一言，全《詩》旨要，悟此而始盡也。夫知《三百篇》蔽於『無邪』，然後知《易》之卦、彖、象、爻蔽於『無體』，《書》之典、謨、訓、誥蔽於『無爲』。千聖之旨要合，故六經之垂訓同耳。吾人窮經以求道，則必觸類以會經。故予於唐詩，亦竊取斯旨。《心學》卷中，明爲剖發，而《家庭》以下，無一非心思之用。是以總稱『微機』焉。『機』即非無思，『微』即非有思。總以體會『思無邪』之旨而已。」

或人唯唯，則又問曰：「子取詩於《三百篇》後，漢魏六朝，何以遺之？」先生曰：「夫子刪《詩》，而獨取周焉。《商頌》止惟五章，頌外豈無風雅？即如虞夏曾見《擊壤》之謡、《五子之歌》，則他詩當不乏，而何以皆未之及？蓋《詩》至成周而盛，亦取其盛者而已。辟如荷之菡萏，梅之蓓蕾，非無色澤馨香，而吾人賞玩，每于開敷爛熳時，亦理勢自然，非意之也。然則觀詩於《三百篇》後，其亦至唐而始盛乎！雖然，予識力有限，耳目未周，所録不惟於前代有遺，即唐亦多漏。有能爲我推廣而訂正者，吾其齋心而師承之，不敢自以爲盡也。」語已，或人亦唯唯而退。

時予侍側親聞，極爲痛快。然又思世作或人之見解者不乏，當令盡知。因筆而紀之，請於先生，以弁於端。先生，濂溪之裔，諱汝登。「海門先生」，學人所稱也。東越剡溪人。新安門人方如騏拜書。

夫詩言志。志，心所之也。本心之志，率乎其天。天機發爲天籟，自有天然之旨趣，豈人之所能爲哉？人爲之詩，奚以詩爲？楊慈湖云：「世傳李杜文章伯，問著《關雎》恐不知。」彼蓋有所重者在也。海門先生之箋唐詩，意取諸此。予有感而訂行之，庶幾與《三百篇》並垂。人心世道，胥賴之矣！詩云詩云，詞句云乎哉？新安胡正言識。

目録

家庭

類選唐詩助道微機卷之二……五七

類選唐詩助道微機卷之三……一〇二

類選唐詩助道微機卷之五

感策

玄門……二六四

楊慈湖先生詩抄……三〇三

類選唐詩助道微機卷之一

心學

吾人與生俱生之事，惟有學問一着。學問之要，只在求心。孟子「無他」二字，吐露直截甚矣！孟子之學，溯自虞廷，而得于孔子。虞廷開統，只傳此心。夫子十五志學，以心始；七十從心，以心終：宗旨灼然可據。而後儒以本心歸之釋氏，何耶？即謂儒者本天，天匪心外，心即是天，總之惟心明矣。顧心無二，而求心之工夫不一；心至約，而因心之妙用無窮。心不離睹聞聲臭之中，而實超睹聞聲臭之外。名言俱絶，思慮都忘，知此乃可言心。故心之體至微，而心之學至密，未可以容易承當者也。予生平於此切切，未能通其關棙，而不敢廢乎參求。自聖賢經傳而外，俗語恒言，稍可取証，俱不敢忽。昔陽明子見兩人相詬于途，一曰：「汝欺心！」一曰：「汝没天理！」陽明子呼門人曰：「小子聽之！兩人者，方講學乎？」蓋其入耳儆心如此，而況我輩有聞，何可輕易放過？予近因讀唐詩，而每有儆省，取以謳吟，深得求心之助。吾觀古人讀詩，其取之道有四：一直贊，二觸發，三假借，四微妙。直贊者，以如是人作如是語而贊之，如「爲此詩者，其知道乎」之類是也。觸發者，作者未知，而聽者致察，如觸《滄浪之歌》而發自取之道是也。假借者，詩意在彼，而借明在此，如「豈不爾思，室是遠而」，借明思則不遠之理；「乃積乃倉」、「爰及姜女」，借作好貨好色之徵是也。四微妙，如《易》之韻語，有「豕負塗，載鬼一車，先張之弧，後説之弧」，鏡中花，水中月，劉須溪謂「妙處不必可解」者是也。今予所取，亦竊效茲義，隨取隨録，得若干首云。

登荆州城望江

張九齡

滔滔大江水，天地相終始。經閱幾世人，復歎誰家子。東望何悠悠，西來晝夜流。歲月既如此，爲心那不愁。

【今校】

此從《唐詩品彙》卷二，作一首。《張九齡集校注》卷二、《全唐詩》卷四十九，「東望何悠悠」以下另作一首。彭慶生注：「二詩不同韻，顯非一首。」

春江晚景

張九齡

江村皆秀發，雲日復相鮮。征路那逢此，春心益渺然。興來祇自得，佳處莫能傳。薄暮津庭下，餘花落客船。

【今校】

《唐詩品彙·拾遺》卷五，「江村」作「江林」，「津庭」作「津亭」。

晨出郡舍林下

張九齡

晨興步北林，蕭散一開襟。復見林上月，娟娟猶未沉。片雲自孤遠，叢篠亦清深。無事由來貴，方知物外心。

【原評】

〔總〕三首皆曲江之詩，首首不脱「心」字。初首登城望江，而遂究天地之終始，歲月之如流，乃發愁心。夫其所愁何在耶？次首春心自得，而佳處莫傳。惟其能愁，故能自得也。末首享無事之貴，知物外之心，見益超，趨益深矣！曲江爲唐朝賢相，風節凛然。其根本于此見之，非偶然也。

題慈恩寺塔

荆叔

漢國山河在，秦陵草樹深。暮雲千古色，無處不傷心。〔一〕

【原評】

〔一〕《容齋五筆》云：「慈恩塔有荆叔一絶，字極小而端勁，最爲感人。其詞旨意高遠，不知爲何時人，必唐世詩流所作也。」

【今校】

《唐詩品彙》卷四十五，詩題無「寺」字，「古」作「里」，批語爲題下注。

南遊感興

竇鞏

傷心欲問前朝事，惟見江流去不回。日暮東風春草緑，鷓鴣飛上越王臺。〔一〕

【原評】

〔一〕謝云：「此詩四句，無限意思。非巧心妙手，不能摹寫。」

上汝州郡樓

李　益

黄昏鼓角似邊州，三十年前上此樓。今日山川對垂淚，傷心不獨爲悲秋。

九日登高

劉禹錫

世路山河險，君門煙霧深。年年上高處，未省不傷心。

【今校】

此首底本未標詩人名，當爲劉禹錫詩。見《唐詩品彙》卷四十三，《劉禹錫集·外集》卷八。

【原評】

〔總〕孟子曰：「動心忍性，增益其所不能。」人最怕是不動心，冥冥漠漠，過此一生。夫能知傷心，則心動矣。心動肯甘于醉夢已耶？已上皆傷心之詩，不必深求作者之本意，而但以激發自己之迷情。然能爲是語，亦必非淺淺之流也。

臨江亭

儲光羲

古木嘯寒禽，層城帶夕陰。梁園多緑水，楚岸盡楓林。山際豈爲險，江流長自深。平生何以恨？天地本無心。

【今校】

「緑水」，《唐詩品彙》卷六十三作「緑樹」。

庭草

曹鄴

庭草根自淺，造化無遺功。低回一寸心，不敢怨東風。

【今校】

「東風」，《唐詩品彙》卷四十四作「春風」。

【原評】

〔總〕悟此二作，可以永無怨尤。

終南別業

王維

中歲頗好道，晚家南山陲。興來每獨往，勝事空自知。行到水窮處，坐看雲起時。〔一〕偶然值林叟，談笑無還期。〔二〕

【原評】

〔一〕劉云：「無言之境，不可説之味，不知者以爲淡易。」

〔二〕劉云：「其質如此，故自難及。」○《後湖集》云：「此詩造意之妙，至與造物相表裏，豈直詩中有畫哉？觀其詩，知其蟬蜕塵埃之中，蜉蝣萬物之表者也。」

南磵中題

柳宗元

秋風集南磵，獨遊亭午時。〔一〕迴風一蕭瑟，林影久參差。始至若有得，稍深遂忘疲。〔二〕羈禽響幽谷，寒藻舞淪漪。去國魂已遠，懷人淚空垂。孤生易爲感，失路少所宜。索莫竟何事？徘徊衹自知。誰爲後來者，當與此心期。〔三〕

【原評】

〔一〕劉云：「子厚每詩起語如法，更清峭奇整。」

〔二〕劉云：「精神在此十字，遂覺一篇蒼然。」

〔三〕劉云：「結得平淡，味不可言。」○東坡云：「柳儀曹《南磵詩》憂中有樂，蓋絶妙古今矣。」○《筆墨閑録》云：「《南磵詩》平淡有天工，在《與崔策登西山詩》上，《西山》語奇故也。」○愚人求境不求心，智人求心不求境。「當與此心期」，求心不求境之旨也。

【今校】

《唐詩品彙》卷十五，「秋風」作「秋氣」，「魂已遠」作「魂已遊」，「索莫」，作「索寞」。評語「東坡云」以下，作題下注。

江亭

杜甫

坦腹江亭暖，長吟野望時。水流心不競，雲在意俱遲。〔一〕寂寂春將晚，欣欣物自私。故林歸未得，排悶强裁詩。

【原評】

〔一〕張子韶云：「其意與物，初無間斷。比之陶淵明『雲無心而出岫，鳥倦飛而知還』，氣更混淪也。」

破山寺後禪院

常建

清晨入古寺，初日照高林。曲逕通幽處，禪房花木深。山光悦鳥性，潭影空人心。萬籟此俱寂，惟聞鐘磬音。

秋宵書事寄吴憑處士

皎然

真性在方丈，寂寥無四鄰。秋天月色正，清夜道心真。大夢觀前事，浮名誤此身。不知庭樹意，榮落感何人。

傷吴中

李嘉祐

館娃宫中春已歸，闔閭城頭鶯已飛。復見花開人又老，横塘寂寂柳依依。憶昔吴王在宫闕，館娃賣眼看花發。舞袖朝期陌上春，歌聲夜怨江邊月。古來人事亦猶今，莫厭清觴與緑琴。獨向西山聊一笑，白雲芳草自知心。

【原評】

〔總〕已上六首具有深詣，蓋庶幾乎知道者矣。俱於「心」字之句繹之。

竹枝歌

劉禹錫

城西門前灩澦堆，年年波浪不能摧。懊惱人心不如石，少時東去復西來。〔一〕

【原評】

〔一〕人心出入無時，莫知其鄉。時而凝冰，時而燋火，時而九天，時而重地。蓋無刻或寧，無處不到者也。

京城

李賀

驅馬出門意，牢落長安心。兩事向誰道，自作秋風吟。

鞏路感懷

吕温

馬嘶白日暮，劍鳴秋氣來。我心渺無際，河上空徘徊。

端居

李商隱

遠書歸夢兩悠悠，只有空牀敵素秋。階上青苔與紅葉，雨中寥落月中愁。〔一〕

【原評】

〔一〕此心不知安頓，雨中月中，頭頭是礙。

傷時

鄭雲叟

帆力劈開滄海浪，馬蹄踏破亂山青。浮名浮利過於酒，醉得人心死不醒。

從仕

韓　愈

居閒食不足，從仕力難任。兩事皆害性，一生恒苦心。黄昏歸私室，惆悵起歎音。棄置人間世，古來非獨今。

感春

韓愈

偶坐藤樹下，暮春下旬間。藤陰已可庇，落蕊還漫漫。亹亹新葉大，瓏瓏晚花乾。青天高寥寥，兩蝶飛翻翻。時節適當爾，懷悲自無端。〔一〕

【原評】

〔一〕劉云：「無緊無要，寫得沉至不同。」○末語動人。

〔總〕兩首文公，直心呈出病痛，當自用功而來。

閒居寄薛華

于良史

隱几讀黄老，閒居耳目清。僻居人事少，多病道心生。雨洗山木濕，鴉鳴池館晴。晚來因廢卷，行樂至西城。〔一〕

【原評】

〔一〕此亦有用功之意。

【今校】「行樂」，《唐詩品彙》卷六十六作「行藥」。

幽獨

韓偓

幽獨起侵晨，山鶯啼更早。門巷掩蕭條，落花滿芳草。煙和魂共遠，春與人同老。默默又依依，凄然此懷抱。

【今校】「侵晨」，《唐詩品彙》卷二十三作「清晨」。

秋夜作

錢起

萬計各無成，寸心日悠漫。浮生竟何窮，巧曆不能算。流落四海間，辛勤百年半。商歌向秋月，哀韻兼浩歎。寤寐怨佳期，美人隔霄漢。寒雲度窮水，別業繞垂幔。窗中問談雞，長夜何時旦。

旅泊江津言懷

賈琮

征途幾迢遞，客子倦西東。乘流如泛梗，逐吹似驚蓬。飄颻萬里外，辛苦百年中。異縣心期阻，他鄉風月同。雲歸全嶺暗，日落半江紅。自然堪迸淚，非是泣途窮。

【今校】

「飄揚」，《唐詩品彙》卷二十三作「飄風」。

視刀鐶歌

劉禹錫

常恨言語淺，不如人意深。今朝兩相視，脉脉萬重心。

贈嚴維

耿𬅙

許詢清論重，寂寞住山陰。野客投寒寺，閒門傍古林。海田秋熟早，湖水夜漁深。世上窮通理，誰能奈此心。〔一〕

【原評】

〔一〕奈心極難。

【今校】

詩人名，《唐詩品彙》卷六十五作「耿湋」。按，或作「耿緯」。考其人名列「大曆十才子」，字洪源，以名字相應論，作「湋」是。此作「煒」似誤。

巫峽

劉禹錫

巫峽蒼蒼煙雨時，清猿啼在最高枝。箇裏愁人腸自斷，由來不是此聲悲。

【今校】

此見《唐詩品彙·拾遺》卷四，《竹枝歌三首》其二。《劉禹錫集》卷二十七《竹枝詞》九首其八。

客愁

温庭筠

客愁看柳色，日日逐春深。蕩漾春風裏，誰知歷亂心。

夏日

韋應物

已謂心苦傷，如何日方永。無人不晝寢，獨坐山中静。悟澹將遣慮，學空庶遣境。積俗易爲侵，愁來復難整。

【原評】

〔總〕已上自《竹枝歌》而下，凡十數首，皆見心之難降。求所以降伏其心，豈容緩乎？

詠夜

韋應物

明從何處去，暗從何處來。但覺年年老，半是此中催。

詠聲

韋應物

萬物自生聽，太空恒寂寥。還從静中起，却向静中消。〔一〕

【原評】

〔一〕劉云：「其姿近道，語此漸超。」

早起

李商隱

風露澹清晨，簾間獨起人。鳥啼花又笑，畢竟是誰春。

漢苑行

張仲素

回雁高飛太液池，新花低發上林枝。年光到處皆堪賞，春色人間總未知。

【今校】

《唐詩品彙》卷五十二有二首，此其一。

十五夜望月

王　建

中庭地白樹棲鴉，冷露無聲濕桂花。今夜月明人盡望，不知秋思在誰家。

龍標墅宴

王昌齡

沅溪夏晚足凉風，春酒相携就竹叢。莫道絃歌愁遠謫，青山明月不曾空。

送柴侍御

王昌齡

沅水通流接武岡，送君不覺有離傷。青山一道同雲雨，明月何曾是兩鄉。

【原評】

〔總〕已上聲也，明暗也，春色也，秋思也，青山明月也，心明之人，一一皆知所從來，知其下落。不然，惑亂一生者，此物此景也。邵子曰：「未必逢春便得春。」可易言哉！

齋心

王昌齡

女蘿覆石壁，溪水幽蒙朧。紫葛蔓黄花，娟娟寒露中。動飲花上露，夜卧松下風。雲英化爲水，光彩與我同。日月蕩精魄，寥寥天府空。

【今校】

《唐詩品彙》卷十，「蒙朧」作「曚朧」，「動飲」作「朝飲」。

洗心

司馬退之

不踐名利道，始覺塵土腥。不味稻粱食，始覺神骨清。羅浮奔走外，日月無短明。山瘦松亦勁，鶴老飛更輕。逍遥此中客，翠髮皆長生。草木多古色，雞犬無新聲。君有出俗志，不貪英雄名。傲然脱冠帶，改换人間情。去矣丹霄路，向曉雲冥冥。

冬中至玉泉山寺屬窮陰冰閉崖谷無色及仲春行縣復往焉故有此作

張九齡

靈境信幽絶，芳時春暄妍。再來及兹勝，一遇非無緣。萬木柔可結，千花敷欲然。松間鳴好鳥，竹下流清泉。石壁開精舍，金光照法筵。真空本自寂，假有聊相宣。復此灰心者，仍追巢頂禪。簡書雖有畏，身世亦俱捐。

【今校】

「復此」，《唐詩品彙·拾遺》卷一作「從此」。

伊水門

樓穎

朝涉伊水門，伊水入門流。愜心乃成興，澹然泛孤舟。霏微傍青靄，容與隨白鷗。竹陰交前浦，柳色媚中洲。日落陰雲生，彌覺茲路幽。聊以恣所適，此外知何求。

遊石橋寺最高頂

李幼卿

拂霧理孤策，薄宵睡層岑。迥升煙霧外，豁見天地心。物象不可極，遲回空詠吟。

遊終南

李賀

南山塞天地，日月石上生。〔一〕高峰夜留景，深谷晝未明。山中人自正，路險心亦平。長風驅松柏，聲拂萬壑清。即此悔讀書，朝朝近浮名。〔二〕

【原評】

〔一〕劉云：「未知其下云何，即此，其壯亦不容説。」

〔二〕劉云：「警異。」

【今校】

此當爲孟郊詩。見《孟東野詩集》卷四。評語，「其壯」，《唐詩品彙》卷二十作「其出」，「亦不容説」作「有不容至」。

秋池

白樂天

身閒無所爲，心閒無所思。況當故園夜，復此新秋池。岸暗鳥栖後，橋明月出時。菱花香散漫，桂露光參差。静境多獨得，幽懷竟誰知。悠然心中語，自問來何遲。

粲公院各賦一物得初荷

李頎

微風和衆草，大葉長圓陰。晴露珠共合，夕陽花映深。從來不著水，清浄本因心。

武陵泛舟

孟浩然

武陵川路狹，前棹入花林。莫測幽源路，仙家信幾深。水迴青嶂合，雲度綠溪陰。坐聽閒猿嘯，彌清塵外心。

【今校】

「幽源路」，《唐詩品彙》卷六十作「幽源裏」。

漢南遇方評事

戴叔倫

移家住漢陰，不復問華簪。貰酒宜城近，燒田夢澤深。暮山逢鳥入，寒水見魚沉。與物皆無累，終年愜本心。

【原評】

〔總〕自《齋心》而下，皆求以清浄其心。雖然清浄，豈枯寂之謂哉？

贈僧靈澈　　呂　温

僧家亦有芳春興，自是禪心無滯境。君看池水湛然時，何曾不受花枝影。

寄劉逸士　　尚　顔

無愁無累者，偶向市朝遊。此後來孤艇，依前入亂流。高眠歌聖日，下釣坐清秋。道不離方寸，而能混俗求。

贈韓武康　　皎　然

山僧雖不飲，沽酒飲陶潛。此興唯無別，多爲俗士嫌。

【原評】

〔總〕以此三首，合上「清浄」之詩觀之，始知真清浄也。「禪心無滯境」、「道不離方寸」、「此興唯無別」，皆是極微極到之語。

送裴十八圖南歸嵩山

李　白

君思潁水緑，忽復歸嵩岑。歸時莫洗耳，爲我洗其心。洗心得真情，洗耳徒買名。謝公終一起，相與濟蒼生。

過津口

杜　甫

南岳自兹近，湘流東逝深。和風引桂楫，春日漲雲岑。迴首過津口，而多楓樹林。白魚困密網，黄鳥喧嘉音。物微限通塞，惻隱仁者心。甕餘不盡酒，膝有無聲琴。聖賢兩寂寞，眇眇獨開襟。〔一〕

【原評】

〔一〕趙次公曰：「白魚」、「黄鳥」，物之通塞，雖微而不足道，而仁者於物，每惻隱其困塞。於此琴酒，思聖賢寂寞，亦自適耳。

【今校】

評語録自《唐詩品彙》卷八。《九家集注杜詩》卷十六引趙次公云：「白魚以羣而小，（團）

〔困〕於密網，物之所以塞者也。黄鳥以和風春日之際，而嘉音喧然，物之所以通者也。物之通塞，雖微不足道，而仁者於物，每則隱其困塞矣。孟子曰：『惻隱之心，仁之端也。』」又云：「於此有酒可飲，有琴可玩，而思聖與賢，兩皆寂寞，無〔典〕〔與〕言者，則亦獨開襟而自適耳。」

下浙江

孟浩然

八月觀濤罷，三江越海潯。迴瞻御闕路，無限子牟心。

【今校】

《唐詩品彙》卷三十九，「御」作「魏」。

子規啼

孟浩然

高林滴露夏夜清，南山子規啼一聲。鄰家孀婦抱兒泣，我獨展轉何爲情。

【原評】

〔總〕已上四首，皆心之妙用。利物濟人，隨感而動，江湖廊廟，隨遇而施，豈直自了而已哉？

【今校】

此當爲韋應物詩，見《唐詩品彙》卷四十九。

雜體

韋應物

沉沉匣中鏡，爲此塵垢蝕。輝光何所如，月在雲間黑。南金既彫錯，鞶帶共輝飾。空存鑑物明，坐使媸妍惑。美人竭肝膽，思照冰玉色。自非磨瑩功，日日空歎息。〔一〕

【原評】

〔一〕其意正平而朴素可尚，非無衒麗，静且不慘。

送魏簡能東遊

李涉

燕市悲歌又送君，目隨征雁過寒雲。郵亭宿處時看劍，莫使塵埃蔽斗文。

【今校】

《唐詩品彙》卷五十二録二首，此其二。

【原評】

〔總〕已上二首，見事心之功，不可不力，不可少間。

秋懷

韓　愈

彼時何卒卒，我志何漫漫。犀首空好飲，廉頗尚能飯。學堂日無事，驅馬適所願。茫茫出門路，欲去聊自歎。歸還閱書史，文字浩千萬。陳跡境難尋，賤嗜非貴獻。丈夫意有在，女子乃多怨。〔一〕

【原評】

〔一〕劉云：「骯髒愈高。」

【今校】

此《秋懷十一首》其三。《唐詩品彙》卷二十，「漫漫」作「曼曼」，「境」作「竟」。

偶然作

吕　温

悽悽復汲汲，忽覺年四十。今朝淚滿衣，不是傷春泣。

又

中夜兀然坐，無言空涕洟。丈夫志氣事，兒女安得知。

江行　錢　起

不識相如渴，徒吟子美詩。江清惟獨看，心外更誰知。

【今校】

《唐詩品彙·拾遺》卷四，詩題作「江行無題十三首」，此其十一。

【原評】

〔總〕已上四首，皆有微旨。意之所在，自心自知。

讀書　柳宗元

幽沉謝世事，俛默窺唐虞。上下觀古今，起伏千萬途。遇欣或自笑，感戚亦以吁。縹帙各舒散，前後互相逾。瘴痾擾靈府，日與往昔殊。臨文乍了了，撤卷兀若無。竟夕誰與言，但與竹素俱。倦極更倒臥，熟寐乃一蘇。欠伸展肢體，吟詠心自愉。得意適其適，非願爲世儒。道盡即閉口，蕭散捐囚拘。巧者爲我拙，智者爲我愚。書史足自悅，安用勤與劬。貴爾六尺軀，勿爲名所驅。

出門

韓　愈

長安百萬家，出門無所之。豈敢尚幽獨，與世實參差。古人雖已死，書上有其辭。開卷讀且想，千載若相期。出門各有道，我道方未夷。且於此中息，天命不吾欺。

【今校】

「且於」，《唐詩品彙》卷二十作「日於」。

縣齋讀書

韓　愈

出宰山水縣，讀書松竹林。蕭條捐末事，邂逅得初心。哀狖醒俗耳，清泉潔塵襟。詩成有共賦，酒熟無孤斟。青竹時默釣，白雲日幽尋。南方本多毒，北客恒懼侵。謫譴甘自守，滯留愧難任。投章類縞帶，佇答逾兼金。〔一〕

【原評】

〔一〕貞元二十年，在陽山作。公嘗曰：「陽山，天下之窮處，縣郭無居民，官無丞尉，小吏十餘家。」審此，則詩無共賦，酒無共斟，共誰與樂此乎？蓋是遠方來從遊，户外履常滿矣。篇末意必贈從遊者，望其報章也。

燕居即事

韋應物

蕭條竹林院，風雨叢蘭折。幽鳥林上啼，青苔人跡絶。燕居日已永，夏木紛成結。几閣積群書，時來北窗閲。

送歐陽衮歸閩中

項　斯

秦城幾歲住，猶著故鄉衣。失意時相識，成名後獨歸。海秋蠻樹黑，嶺夜瘴雲飛。爲學心難滿，知君更掩扉。

【原評】

〔總〕明心須讀書，故以讀書之詠示焉。至「爲學心難滿」之語，尤藥石也，不可不省。

春女怨

朱絳

獨坐紗窗刺繡遲，紫荊枝上囀黄鸝。欲知無限傷春意，併在停針不語時。

古歌

無名氏

華陰山頭百尺井，下有流泉徹骨冷。可憐女子來照影，不照其餘照斜領。

卓彦恭嘗過洞庭月下有漁舟棹其旁問其姓名不答鼓枻而歌其詞曰

無名氏

八十滄浪一老翁，蘆花江水碧連空。世間多少乘除事，良夜月明收釣筒。

山中聽子規

顧況

野人愛向山中宿，況在葛洪丹井西。庭前有箇長松樹，半夜子規來上啼。

山禽

顧況

山禽毛如白練帶，棲我庭前栗樹枝。獼猴夜半來取栗，一雙中林向月飛。

拜新月

李端

開簾見新月，即便下階拜。細語人不聞，北風吹裙帶。

感諷

李賀

星盡四方高，萬物知天曙。己生須己養，荷擔出門去。君平久不返，康伯遁國路。漢韓康，字伯休，桓帝聘之。不得已，行至亭舍，間道遁去。曉思何譊譊，闤闠千人語。〔一〕

【原評】

〔一〕劉云：其妙在言外，末語不收拾之，收拾〔更佳〕。

【今校】

《唐詩品彙》卷二十一，原注「桓帝」作「湘帝」，誤。評語〔一〕「劉云」下，尚有「詠嚴君平、康伯休，而感諷自見，安能免此」數句。「更佳」二字底本脱，據《唐詩品彙》補。

西山

常建

一身爲輕舟，落日西山際。常隨去帆影，遠接長天勢。物象歸餘清，林巒分夕麗。亭亭碧流暗，日入孤霞繼。洲渚遠陰映，湖雲尚明霽。林昏楚色來，岸遠荆門閉。至夜轉清迥，蕭蕭北風厲。沙邊雁鷺泊，宿處蒹葭蔽。圓月逗前浦，孤琴又摇曳。泠然夜遂深，白露沾人袂。

晚思

司空曙

蛩吟窗下月，草濕階前露。晚景凄我衣，秋風入庭樹。

宿潭上　暢當

夜潭有仙舸，與月當水中。佳賓愛明月，遊子驚秋風。

村中閒步　劉得仁

閒共野人臨野水，新秋高樹掛清暉。不知塵裏無窮事，白鳥雙飛入翠微。

效崔國輔體　韓偓

淡月照中庭，海棠花自落。獨立俯閒階，風動秋千索。

【今校】

《唐詩品彙》卷四十四録有三首，此其一。

華子岡　王維

飛鳥去不窮，連山復秋色。上下華子岡，惆悵情何極。〔一〕

【原評】

〔一〕劉云：「蕭然，更欲無言。」

鹿柴

王維

空山不見人，但聞人語響。返景入深林，復照青苔上。〔一〕

【原評】

〔一〕劉云：「無言而有畫意。」

竹里館

王維

獨坐幽篁裏，彈琴復長嘯。深林人不知，明月來相照。

辛夷塢

王維

木末芙蓉花，山中發紅蕚。澗户寂無人，紛紛開且落。〔一〕

【原評】

〔一〕劉云：「其意不欲著一字。」

【今校】

評語末，《唐詩品彙》卷三十九有「漸可語禪」四字。

高樓

于武陵

遠天明月出，照此誰家樓。上有羅衣裳，涼風吹不休。

春行寄興

李華

宜陽城下草萋萋，澗水東流復向西。芳樹無人花自落，春山一路鳥空啼。

玉堦怨

李白

玉堦生白露，夜久侵羅韈。却下水精簾，玲瓏望秋月。〔一〕

【原評】

〔一〕劉云：「矜麗素淨可人。」

【今校】

「水精」，《唐詩品彙》卷三十九作「水晶」。

古意

崔國輔

淨掃黃金階，飛霜皎如雪。下簾彈箜篌，不忍見秋月。

六橋

孫太初

十里飛花送酒卮，六橋兒女蹋春詞。無人會得漁翁意，獨立晴湖照影時。

【今校】

孫一元，字太初，自稱秦人。嘗棲太白之巔，故號太白山人。《明史·藝文志》載有《太白山人稿》五卷，《四庫全書》則收《太白山人漫稿》八卷，云是「崇禎中湖州周伯仁所刻，凡八卷。蓋據吳興張氏本及陽湖本而合輯之者」。傳見《明史》卷二百九十八，然則此非唐詩甚明。此詩見《太白山人漫稿》卷八，詩題原作「西湖」。

【原評】

〔總〕《春女怨》以下，凡廿一首，皆微妙之詞。

或曰：「標言『心學』，學果盡是乎？」曰：「學以事心而爲提醒，爲尋求，爲降伏。讀書則不廢乎多聞，妙用則不淪于枯寂。事心之功至，而學尚有他乎？然心雖云事，而心不可以名言，則事不容以擬議。悟其微妙，學始爲真。」曰：「子所言『微妙』，其禪機乎？」曰：「予前不言乎？《易》中韻語，皆是類也。夫讀唐詩者，吾喜嚴滄浪、劉須溪，雖未知學，卻能知詩。餘腐儒見解，反爲詩病。今之讀《易》者，曾不見有滄浪、須溪其人，不求心悟而惟務强解，《易》道絶矣！《易》道絶，而心學與之俱絶矣！今吾借詩以明《易》，《易》明而心學明，又烏知禪非禪也？」

此卷名「心學」，而餘卷卷皆心，則卷卷皆學，微妙亦間出，在人自得之。

家庭

學問之道，始于家庭。家庭間，父子、兄弟、夫婦，天倫聚焉，天倫敦而所謂心學無餘事矣。夫子以達道開群蒙，而教在詩歌。是故《陟岵》之篇，所以教父子；《棠棣》之篇，所以教兄弟；

「雞鳴待旦」之篇，所以教夫婦。蓋歌詠之感人，深于言詞之督責。而遺風餘響，唐人猶有存者。是以予取其厚倫之詠，以繼删述之餘。雖篇什不富，而亦以昭示所重云。

奉送李賓客荆南迎親

岑參

迎親辭望苑，恩詔下儲闈。昨見雙魚去，今看駟馬歸。驛帆湘水闊，客舍楚山稀。手把黄香扇，身披萊子衣。鵲隨金印喜，烏傍板輿飛。勝作東征賦，還家滿路輝。

履霜操

尹吉甫子無罪，爲後母譖而見逐，自傷作。

韓愈

父兮兒寒，母兮兒饑。兒罪當笞，逐兒何爲？兒在中野，以宿以處。四無人聲，誰與人語？兒寒何衣？兒饑何食？兒行于野，履霜以足。母生衆兒，有母憐之。獨無母憐，兒寧不悲？〔一〕

【原評】

〔一〕劉云：「不怨，非情也，乃怨也。此乃《小弁》之志歟？只饑寒履霜，反覆感切，真可以泣鬼神矣！」

【今校】

《唐詩品彙》卷三十五，「誰與人語」作「誰與兒語」。評語，「小弁」作「小棄」，誤。末有「此所以爲琴操也」一句。

遊子吟

孟郊

慈母手中線，遊子身上衣。臨行密密縫，意恐遲遲歸。難將寸草心，報得三春暉。〔一〕

【原評】

〔一〕劉云：「悠然不言之感，復非睍睆寒泉之比，千古之下，獨不忍談，詩之尤不朽者！」

【今校】

評語「劉云」下，《唐詩品彙》卷二十有「全是托興終之」一句，「不忍」作「不忘」。

歸信吟

孟郊

淚墨灑爲書，將寄萬里親。書去魂亦去，兀然空一身。

送從弟永歸侍

李嘉祐

一官萬里向千溪，水宿山行漁浦西。日晚長煙高岸近，天寒積雪遠峰低。蘆花渚裏鴻相叫，苦竹叢邊猿暗啼。聞道慈親倚門待，到時蘭葉正萋萋。

【今校】

詩題，《唐詩品彙·唐詩拾遺》卷十無「歸侍」二字，《全唐詩》卷二百七作「送從弟永任饒州録事參軍」。

寄弟

孟浩然

獻策金門去，承歡綵服違。以吾一日長，念爾聚星稀。昏定須温席，寒多未授衣。桂枝如已擢，早逐雁南飛。

【今校】

詩題，明清本《孟浩然集》作「送洗然弟進士舉」，宋本《孟浩然集》作「寄弟聲」，目録作「寄弟馨」，此從《唐詩品彙·拾遺》卷五。「已」，宋本作「可」。

送韋信愛子歸覲

錢　起

離舟解纜到斜暉，春水東流雁北飛。才子學詩趨露冕，棠花含笑待斑衣。稍聞江樹啼猿近，轉覺山林過客稀。借問還珠盈合浦，何如鯉也入庭闈。

【今校】

「待」，《唐詩品彙》卷八十五作「侍」。

送韓十四江東省親

杜　甫

兵戈不見老萊衣，歎息人間萬事非。我已無家尋弟妹，君今何處訪庭闈。黄牛峽静灘聲轉，白馬江寒樹影稀。此别應須各努力，故鄉猶恐未同歸。〔一〕

【原評】

〔一〕劉云：「子美自謂深悲極怨者。」

崔處士

李商隱

真人塞其内，夫子入於機。未肯投竿起，唯歡負米歸。雪中東郭履，堂上老萊衣。讀徧先賢傳，如君事者稀。

寄東魯二子 在金陵作。

李白

吴地桑葉緑，吴蠶已三眠。我家寄東魯，誰種龜陰田。春事已不及，江行復茫然。南風吹歸心，飛墮酒樓前。樓東一株桃，枝葉拂青煙。此樹我所種，别來向三年。桃今與樓齊，我行尚未旋。嬌女字平陽，折花倚桃邊。折花不見我，淚下如流泉。小兒名伯禽，與姊亦齊肩。雙行桃樹下，撫背復誰憐。念此失次第，肝腸日憂煎。裂素寫遠意，因之汝陽川。〔一〕

【原評】

〔一〕范德機云：「天下喪亂，骨肉離散，此其憂思之正者也。」

【今校】

「汝陽」,《唐詩品彙》卷五作「汶陽」,是。評語録自《唐詩品彙》。原爲:「范德機云:天下喪亂,骨肉離散。此《北征》『入門號咷』以下意也。然彼合此離,彼有哭其死,此則憐其生。彼兼時事,此乃單詠。要其憂思之正者也。」按:杜甫《自京至奉先縣詠懷五百字》:「入門聞號咷,幼子餓已卒。」此「北征」當係「詠懷」之誤。《御選唐宋詩醇》亦引范梈此語,正作「詠懷」。

送子尉南海

岑參

不擇南州尉,高堂有老親。樓臺重蜃氣,邑里雜鮫人。海暗三山雨,花明五嶺春。此鄉多寶玉,慎勿厭清貧。〔一〕

【原評】

〔一〕勉之以廉,婉而切!

【今校】

詩題,《唐詩品彙》卷六十一作「送張子尉南海」,《英華》卷二百七十一作「送楊瑗南海」。「樓臺」,《英華》作「縣樓」。「山」,《岑參集》作「江」。「花」,《英華》作「江」。「鄉」,《英華》作「方」。

得舍弟消息

杜甫

風吹紫荆樹，色與春庭暮。花落辭故枝，風回反無處。骨肉恩書重，漂泊難相遇。猶有淚成河，經天復東注。〔一〕

【原評】

〔一〕劉云：「苦心怨調，使人凄然。終鮮之痛，憯於脊冷。死喪之喻，未有如此句之苦者。末尤可念，非深痛不能道。」

【今校】

評語「脊冷」，《唐詩品彙》卷八作「脊令」，是。

送兄

七歲女子

《唐史遺事》云：「如意中，有七歲女子能詩。天后令賦《别兄詩》，應聲而成云。」

别路雲初起，離亭葉正飛。所嗟人異雁，不作一行歸。

勉愛行送小季之廬

李賀

別柳當馬頭，官槐如兔目。欲將千里別，持此易斗粟。〔一〕南雲北雲空脉斷，靈臺經絡懸春線。青軒樹轉月滿牀，下國饑兒夢中見。〔二〕維爾之昆二十餘，年來持鏡頗有鬢。辭家三載今如此，索米王門一事無。荒溝古水光如刀，庭南拱柳生蠐螬。江干幼客真可念，郊原晚吹悲號號。〔三〕

【原評】

〔一〕劉云：「非深愛不能道此兄弟情。」

〔二〕劉云：「苦哉！」

〔三〕劉云：「語自不同，讀亦心嘔。」

【今校】

詩題，《唐詩品彙》卷三十五「廬」下有「山」字。

九月九日憶山中兄弟

王維

獨在異鄉爲異客，每逢佳節倍思親。遥知兄弟登高處，遍插茱萸少一人。〔一〕

【原評】

〔一〕在兄弟處，想來便遠。

【今校】

詩題「山中」，《唐詩品彙》卷四十八作「山東」。

對雪獻從兄虞城宰

李白

昨夜梁園雪，弟寒兄不知。庭前看玉樹，腸斷憶連枝。〔一〕

【原評】

〔一〕劉云：「悽然惻然，可以感動。」

憶舍弟

于邵

衰門少兄弟，兄弟惟兩人。饑寒各流浪，感念傷我神。夏期秋未來，孰知無他因。不怨別天長，但願見爾身。茫茫天地間，萬類各有親。安知汝與我，乖異同胡秦。何時對形影，憤懣當共陳。

【今校】

《唐詩品彙》卷十七，「流浪」作「流蕩」，「汝與我」作「爾與我」。

自江東止田園移莊慶會未幾歸汶上小弟幼妹尤傷其別賦詩云

盧　象

謝病始告歸，依然入桑梓。家人皆佇立，相候衡門裏。疇類皆長年，成人舊童子。上堂家慶畢，顧與親姻邇。論舊或餘悲，思存且相喜。田園轉蕪没，但有寒泉水。衰柳日蕭條，秋光清邑里。入門乍如客，休騎非便止。中飲顧王程，離憂從此始。兩妹日長成，雙鬟將及人。已能持寶瑟，自解掩羅巾。念昔別時小，未知疏與親。今來識離恨，掩淚方殷勤。小弟更孩幼，歸來不相識。同居雖漸慣，見人猶默。宛作越人言，殊甘水鄉食。别此最爲難，淚盡有餘憶。

【今校】

此詩《唐詩品彙》卷九歸入王維詩，題下注：「劉云：《唐選》作盧象詩。」詩題，《唐詩品彙》作「休暇還舊業便使」，「依然」作「依依」，「衡門」作「柴門」，「疇類」作「時輩」，「親姻邇」作「姻親齒」，

「或」作「忽」，「思」作「自」，「客」作「昨」，「中飲」作「中飯」。「從此始」以下，《唐詩品彙》無。

感懷弟妹

沈千運

今日天氣暖，東風杏花拆。筋力久不如，却羨澗中石。神仙杳難准，中壽稀滿百。逐世多夭傷，喜見鬢鬚白。杖藜竹樹間，宛宛舊行跡。豈非林園主，却是林園客。兄弟可存半，空爲亡者惜。冥冥無再期，哀哀望松柏。骨肉能幾人？年大自疏隔。〔一〕性情誰免此，與我不相易。唯念得爾輩，時看慰朝夕。平生兹已矣，爲外盡非適。

【原評】

〔一〕劉云：「可歎！」

【今校】

「爲外」，《唐詩品彙》卷十七作「此外」。

閒居寄諸弟

韋承慶

秋草生庭白露時，故園諸弟益相思。盡日高齋無一事，芭蕉葉上自題詩。

【今校】

此當爲韋應物詩，見《韋蘇州集》卷三、《唐詩品彙·拾遺》卷四。「益」，《唐詩品彙·拾遺》作「憶」。

贈弟穆十八

王維

與君青眼客，共有白雲心。不向東山去，日令春草深。〔一〕

【原評】

〔一〕劉云：「淡，有情。」

【今校】

詩題「弟」，《王維集》作「韋」。評語「淡」，《唐詩品彙》卷三十九作「淡淡」。

京師叛亂寄諸弟

韋應物

弱冠遭世難，二紀猶未平。羈離官遠郡，虎豹滿西京。上懷犬馬戀，下有骨肉情。歸去在何時，流淚忽沾纓。憂來上北樓，左右但軍營。函谷行人絶，淮南春草生。鳥鳴野田間，思憶故園行。何當四海晏，甘與濟民耕。

【今校】

「濟民」，《唐詩品彙》卷十四作「齊民」。

示弟

許渾

自爾出門去，淚痕長滿衣。家貧爲客早，路遠得書稀。文字何人賞，煙波幾日歸。秋風正搖落，孤雁又南飛。

山中示弟等

王維

山林吾喪我，冠帶爾成人。莫學嵇康懶，且安原憲貧。山陰多北户，泉水在東隣。緣合妄相有，性空無所親。安知廣成子，不是老夫身。

【今校】

「北户」，《唐詩品彙·拾遺》卷八作「比户」。

恨別 乾元年作。

杜　甫

洛陽一别四千里，胡騎長驅五六年。草木變衰行劍外，兵戈阻絶老江邊。思家步月清宵立，憶弟看雲白日眠。聞道河陽近乘勝，司徒急爲破幽燕。

河之水二首寄子姪老成

韓　愈

河之水，去悠悠。我不如，水東流。我有孤姪在海陬，三年不見兮使我生憂。日復日，夜復夜。三年不見汝，使我鬢髮未老而先化。

河之水，悠悠去。我不如，水東注。我有孤姪在海浦，三年不見兮使我心苦。採蕨于山，緡魚于淵。我徂京師，不遠其還。

旅中别姪暐

許　渾

相見又南北，中宵淚滿襟。旅遊知世薄，貧别覺情深。歌管一樽酒，山川萬里心。此身多在路，休誦異鄉吟。

贈內

白居易

生爲同室親，死爲同穴塵。他人尚相勉，而況我與君。黔婁固窮士，妻賢忘其貧。冀缺一農夫，妻敬儼如賓。陶潛不營生，翟氏自爨薪。梁鴻不肯仕，孟光甘布裙。君雖不讀書，此事耳亦聞。至此千載後，傳是何如人。人生未死間，不能忘其身。所須者衣食，不過飽與温。蔬食足充饑，何必膏粱珍？繒絮足禦寒，何必錦繡文？君家有貽訓，清白遺子孫。我亦貧苦士，與君新結婚。庶得貧與素，偕老同欣欣。〔一〕

【原評】

〔一〕此詩非樂天之至者，取以備夫綱之一道，然理亦不能外矣。

列女操

孟郊

梧桐相待老，鴛鴦會雙死。貞婦貴徇夫，捨生亦如此。波瀾誓不起，妾心古井水。

思邊

李白

去歲何時君別妾，南園緑草飛蝴蝶。今歲何時妾憶君，西山白雪暗秦雲。玉關此去三千里，欲寄音書那可聞。

春閨

張仲素

裊裊城邊柳，青青陌上桑。提籠忘採葉，昨夜夢漁陽。

長相思

令狐楚

幾度春眠覺，紗窗曉望迷。朦朧殘夢裏，猶自在遼西。

閨怨

王昌齡

閨中少婦不知愁，春日凝妝上翠樓。忽見陌頭楊柳色，悔教夫壻覓封侯。〔一〕

【原評】

〔一〕謝云：「見蟲鳴螽躍而未見君子則憂，見采薇采蕨而未見君子則憂。草木之榮華，禽蟲之和樂，皆能動人傷悲之心。此詩謂閨中少婦初不知愁，春日登樓，見楊柳之青青，始知陽和發育，萬物皆春。吾與良人徒有功名之望。今日空閨獨處，良人辛苦戎事，曾不如草木羣生，各得其樂。於是而悔望此功名，此亦本人情而言也。

【今校】

評語「初不知愁」，《唐詩品彙》卷四十七作「初不識愁」。

江南行

張潮

茨菰葉爛別西灣，蓮子花開猶未還。妾夢不離江上水，人傳郎在鳳凰山。

子夜春歌二首

郭振

陌頭楊柳枝，已被春風吹。妾心正斷絶，君懷那得知。

又

青樓含日光，綠池起風色。贈子同心花，殷勤此何極。

新嫁娘

王　建

三日入廚下，洗手作羹湯。未諳姑食性，先遣小姑嘗。

類選唐詩助道微機卷之二

君道

學問所以用世，用世則必期身致廊廟，遇洽明良。是故「元首」、「股肱」之歌，《天保》《鹿鳴》之什，虞周之盛，所願躬逢，遐哉藐乎，不可覩矣。三代而下，漢不可考。李唐之朝，時有賡酬之作，交泰之餘風，似猶彷彿。予每讀其篇章，雖曰饑羊，爲之忭舞者久之。録而成帙，有餘慕焉。君所自撰以示下者，君之賜也。奉和之什，因君倡而臣賡；早朝之歌，因臨御而志盛，則亦皆賜自君者也。諷戒之篇，有關君德，聖主憂盛，是所樂聞，附著於後，并以君道揭之。

正日臨朝

太宗皇帝

條風開獻節，灰律動初陽。百蠻奉遐賮，萬國朝未央。雖無舜禹跡，幸欣天地康。車軌同八表，書文混四方。赫奕儼冠蓋，紛綸盛服章。羽旄飛馳道，鐘鼓振巖廊。組練輝霞色，霜戟耀朝光。晨宵懷至理，終愧撫遐荒。

【今校】

「振」，《初學記》卷十四、《英華》卷一百九十作「震」。「耀」，《初學記》《英華》作「照」。

春日玄武門宴群臣

太宗皇帝

韶光開令序，淑氣動芳年。駐輦華林側，高宴柏梁前。紫庭文樹滿，丹墀衮紱連。九夷簉瑶席，五狄列瓊筵。娱賓歌《湛露》，廣樂奏鈞天。盈樽浮緑醑，雅曲韻朱絃。粤余君萬國，還慚撫八埏。庶幾保貞固，虚己厲求賢。

【今校】

「樹」，《唐詩紀事》卷一作「佩」。「樽」，《唐詩品彙》卷一作「尊」。

【原評】

〔總〕視朝之歌，乃徵勵精之志；玄武之詠，想見交泰之風。太宗所以爲三代後之令主也。

秋日

太宗皇帝

爽氣澄蘭沼，秋香動桂林。露凝千片玉，菊散一叢金。日吐高低影，雲垂點綴陰。蓬瀛不可望，泉石且娛心。〔一〕

【原評】

〔一〕庸主荒迷於聲色，雄君馳逐乎神仙。太宗秋日之吟，宛似幽人之致，亦異矣哉！

【今校】

「吐」，《初學記》卷三、《英華》卷一百五十八作「岫」。

送賀知章

知章年八十，乞爲道士還鄉。帝許之，捨宅爲觀，賜名千秋觀，仍賜鑑湖、剡川一曲，詔令供帳東門，百僚祖餞，御製賜詩。

玄宗皇帝

遺榮期入道，辭老竟抽簪。豈不惜賢達，其如高尚心。寰中得秘要，方外散幽襟。獨有青門餞，羣僚悵別深。〔一〕

【原評】

〔一〕《朱子語録》云：「越州有石，刻唐朝臣送賀知章詩，只有明皇一首好。」〇老臣乞爲道士，賜之湖川足矣，又令祖餞東門；百官歌餞足矣，又爲御製賜詩。手足腹心之義，何眷睞無窮，孰謂漢唐之世無虞周之風也？吾觀近時大臣，有亡去而不知，有束縛而身斃者，不能不爲之三歎云。

【今校】

評語「年八十」，《唐詩品彙》卷五十九作「年八十六」。

送李邕之任滑臺

玄宗皇帝

漢家重東郡，宛彼白馬津。黎庶既蕃殖，臨之勞近臣。還別初首路，今行方及春。課成應第一，良牧牧當仁。

【今校】

《唐詩品彙》卷二，「還別」作「遠別」，下「牧」字作「爾」。

過大哥山池

玄宗皇帝

澄潭皎鏡石崔嵬，萬壑千巖映緑苔。林亭自有幽真趣，況復秋深爽氣來。〔一〕

【原評】

〔一〕玄宗花蕚誼重，既翕情深。山池之詠，雖不明言友于，而和樂之懷、怡怡之意，見于言表，藹然可掬，此帝王之盛節也。

經魯祭孔子而歎之

玄宗皇帝

夫子何爲者，棲棲一代中。地猶鄹氏邑，宅即魯王宮。歎鳳嗟身否，傷麟怨道窮。今看兩楹奠，當與夢時同。

【今校】

「鄹」，《唐詩品彙》卷五十九作「郰」。

麟德殿宴百僚

德宗皇帝

憂勤承聖緒，開泰喜時康。恭己臨羣后，垂衣御八荒。務閒春向暮，朝罷日猶長。紫殿初筵列，彤庭黄樂張。功成歸輔弼，致理賴忠良。共此歡娯事，千秋樂未央。〔一〕

【原評】

〔一〕「恭己」、「清心」、「輔弼」、「忠良」之句，皆非漫然而已者。

【今校】

「黄欒」，《唐詩品彙》卷七十九作「廣欒」。「功成」作「成功」。

送張封建還鎮

德宗皇帝

牧守寄所重，才賢生爲時。宣風自淮甸，授鉞膺藩籬。入覲展遐戀，臨軒慰來思。忠誠在方寸，感激陳情詞。報國爾所向，恤人予是資。歡宴不盡懷，車馬當還期。轂雨將應候，行春猶未遲。勿以千里遥，而云無已知。〔一〕

以上皆御製之篇。

【原評】

〔一〕期勉之意，懇懇諄諄，聯君臣之分義，而敦朋友之切偲，何當唐時有此景象。

〔總〕已上皆御製之篇。

【今校】

「籬」，《唐詩品彙》卷十八作「維」。

回波樂

李景伯

郭茂倩《樂府》云：「商調曲也。唐中宗時造，蓋出于回水引流泛觴也。」○《唐書》云：「景龍中，中宗燕侍臣。酒酣，令各爲《回波樂》。衆皆爲謟佞之辭，及自要榮位。次至諫議大夫李景伯，乃歌此篇，甚有規諷，後爲舞曲。」

回波爾時酒卮，微臣職在箴規。侍燕既過三爵，諠譁竊恐非儀。〔一〕

【原評】

〔一〕以樂酒之時，而效此箴規之語，且衆方希求恩澤，而彼獨陳善畜君。景伯亦賢矣哉！景伯純孝，故不難爲忠。

【今校】

《唐詩品彙》卷四十五，評語「回水」作「曲水」，「自要」作「白要」。

奉和聖製經函關作

張九齡

函谷雖云險，黄河復已清。聖心無所隔，空此置關城。〔一〕

【原評】

〔一〕此詩頌中有規。

奉和正日臨朝

魏徵

百靈侍軒后，萬國會塗山。豈如今睿哲，邁古獨光前。聲教溢四海，朝宗引百川。鏘洋鳴玉珮，灼爍耀金蟬。淑景輝雕輦，高旌揚翠煙。庭實超王會，廣樂盛鈞天。既欣東日户，復詠南風篇。願奉光華慶，從斯億萬年。

【今校】

「東日户」，《英華》卷一百九十作「東户日」。

奉和聖製送張尚書巡邊

源乾曜

匈奴邇河朔，漠地須戎旅。天子釋英才，朝端出監撫。流星下閶闔，寶鉞專公輔。禮物生光輝，宸章備恩詡。有征視矛戟，制勝唯樽俎。彼美何壯哉，桓桓擅斯舉。聲華振臺閣，功德標文武。奉國知命輕，忘家以身許。安人在勤恤，保大殫襟腑。此外無異言，同情報明主。

【今校】

《唐詩品彙·拾遺》卷一，「漠」作「漢」，「釋」作「擇」。

奉和聖製早發三卿山行

張九齡

羽衛森森西向秦，山川歷歷在清晨。晴雲稍卷寒巖樹，宿雨能消御露塵。聖德由來合天道，靈符即此應時巡。遺賢一一皆羈致，猶欲高深訪隱淪。〔一〕

【原評】

〔一〕啟之舉賢才求遺佚。

【今校】

「御露」，《唐詩品彙》卷八十二作「御路」。

奉和聖製從蓬萊向興慶閣道中留春雨中春望之作應制

王維

渭水自縈秦塞北，黃山舊繞漢宮斜。鑾輿迥出千門柳，閣道迴看上苑花。雲裏

帝城雙鳳闕，雨中春樹萬人家。爲乘陽氣行時令，不是宸遊玩物華。〔一〕

【原評】

〔一〕防其玩物愒時，婉而切。

奉和立春遊苑

盧藏用

天遊龍輦駐城闉，上苑遲光晚更新。瑶臺半入黄山路，玉檻傍臨玄灞津。梅香欲待歌前落，蘭氣先過酒上春。幸預柏臺稱獻壽，願陪千畝及農辰。

【今校】

詩題下，《唐詩品彙》卷八十二有「立春」二字。

人日侍燕大明宫

鄭愔

瓊殿含光映早輪，玉鑾嚴蹕望初晨。池開凍水仙宫麗，樹發寒花禁苑新。佳氣徘徊籠細網，箋霙淅瀝染輕塵。良時荷澤皆迎勝，窮谷晞陽猶未春。

【今校】

「箋」，《唐詩品彙》卷八十二作「殘」。據《英華》卷一百七十二、《唐詩紀事》卷十一，作「殘」是。

大同殿生玉芝龍池上有慶雲百官共覩聖恩便賜燕樂敢書即事

王　維

欲笑周文歌宴鎬，還輕漢武樂横汾。豈如玉殿生三秀，詎有銅池出五雲。陌上堯尊傾北斗，樓前舜樂動南薰。共歡天意同人意，萬歲千秋奉聖君。

【今校】

《唐詩品彙》卷八十三，「欲笑」作「飲笑」，「豈如」作「豈知」。

三月三日勤政樓侍燕應制

王　維

綵仗連宵合，瓊樓拂曙通。年光三月裏，宮殿百花中。不數秦王日，誰將洛水同。酒筵嫌落絮，舞袖怯春風。天保無爲德，人懽不戰功。仍臨九衢宴，更達四門聰。

再入道場紀事應制

沈佺期

南方歸去再生天，内殿今年異昔年。見闢乾坤新定位，看題日月更高懸。行隨香輦登仙路，坐近爐煙講法筵。自喜恩深陪侍從，兩朝長在聖人前。

興慶池侍燕應制

韋元旦

滄池漭沆帝城邊，殊勝昆明鑿漢年。夾岸旌旗疏輦道，中流簫鼓振樓船。雲峯四起迎宸幄，水樹千重入御筵。宴樂已深魚藻詠，承恩更欲奏甘泉。

奉和春日幸望春宮應制

蘇頲

東望望春春可憐，更逢晴日柳含煙。宮中下見南山盡，城上平臨北斗懸。〔一〕細草偏承迴輦處，飛花故落舞觴前。宸遊對此歡無極，鳥弄歌聲雜管絃。

【原評】

〔一〕劉云：「句壯。」

【今校】

「弄」，《唐詩品彙》卷八十二作「哢」。

奉和聖製從蓬萊向興慶閣道中留春雨中春望之作應制

李　憕

別館春還淑氣催，三宮路轉鳳凰臺。雲飛北闕輕陰散，雨歇南山積翠來。御柳遥隨天仗發，林花不待曉風開。已知聖澤深無限，更喜年芳入睿才。

紅樓院應制

沈佺期

紅樓疑見白毫光，寺逼宸居福盛唐。支遁愛山情漫切，曇摩泛海路空長。經聲夜息聞天語，爐氣晨飄接御香。誰謂此中難可到，自憐深院得徊翔。

侍宴賦韻得前字應制

虞世南

芬芳禁林晚，容與桂舟前。横空一鳥度，照水百花然。緑野明斜日，青山澹晚煙。濫陪終燕賞，握管類窺天。

侍宴旋師喜捷應制

韋安石

蜂蟻屯夷落，熊羆逐漢飛。忘軀百戰後，屈指一年歸。厚眷紆天藻，深慈解御衣。興酣歌舞出，朝野歎炎輝。

蓬萊三殿侍宴奉敕詠終南山

杜審言

北斗掛城邊，南山倚殿前。雲標金闕迥，樹杪玉堂懸。半嶺通佳氣，中峯繞瑞煙。小臣持獻壽，長此戴堯天。

夏日仙蕚亭應制

宋之問

高嶺逼星河，乘輿此日過。野含時雨潤，山雜夏雲多。睿藻光巖穴，宸襟洽薜蘿。悠然小天下，歸路滿笙歌。

侍宴甘露殿

李嶠

月宇臨丹地，雲窗網碧紗。御筵陳桂醑，天酒酌榴花。水向浮橋直，城連禁苑斜。承恩恣歡賞，歸路滿煙霞。

恩敕麗正殿書院賜宴應制得林字

張説

東閣圖書府，西園翰墨林。誦《詩》聞國政，講《易》見天心。位竊和羹重，恩叨醉酒深。載歌春興曲，情竭爲知音。

【今校】

《唐詩品彙》卷五十八，詩題「得林字」三字，爲小字注。「東閣」，作「東壁」。

春日洛陽城侍宴

姚崇

南山開寶曆，北渚對芳蹊。的歷風梅度，參差露草低。堯樽臨上席，舜樂下前溪。任重由來惴，乘酣志轉迷。

【今校】

「惴」，《唐詩品彙》卷五十九作「醉」。

侍從游宿温泉宫作

李白

羽林十二將，羅列應星文。霜仗懸秋月，霓旌卷夜雲。嚴更千户肅，清樂九天聞。日出瞻佳氣，葱葱繞聖君。

奉和御製璟與張説源乾曜同日上官命宴都堂賜詩一首應制

宋璟

丞相邦之重，非賢諒不居。老臣庸且憊，何德以當諸？厚秩先爲忝，崇班復此除。太常陳禮樂，中掖降簪裾。聖酒江河潤，仙文象緯舒。冒恩懷寵錫，陳力省空虚。郭隗慚無駿，馮諼愧有魚。不知周勃者，榮幸定何如？

【今校】

「何德」，《唐詩品彙》卷七十三作「何得」。

奉和晦日幸昆明池應制

宋之問

春豫靈池會，滄波帳殿開。舟淩石鯨度，槎拂斗牛迴。節晦蓂全落，春遲柳暗催。象溟看浴景，燒劫辨沉灰。〔一〕鎬飲周文樂，汾歌漢武才。不愁明月盡，自有夜珠來。〔二〕

【原評】

〔一〕僧皎然云：「此詩家射鵰之手，假使曹、劉降格，未知孰勝。」

〔二〕僧皎然云：「意也閑也。」〇方云：「用『春豫』字便好。『節晦蓂全落』，要見得是正月晦；急看偶句，以足其意也。池象溟海而觀浴日，既已壯麗，又引胡僧劫灰事爲偶，則尤精切，可謂極天下之工矣。晦日無月，池中自有大蚌之珠，甚妙。」

上幸皇太子新院應制

盧　僎

佳氣曉葱葱，乾行入震宫。前星迎北極，少海被南風。視膳銅樓下，吹笙玉座中。訓深家以政，義舉俗爲公。父子成釗合，君臣禹啟同。仰天歌聖道，猶愧乏雕蟲。

奉和聖製與太子諸王三月三日龍池春禊應制

王　維

故事修春禊，新宮展豫遊。明君移鳳輦，太子出龍樓。賦掩陳王作，杯如洛水流。金人來捧劍，畫鷁去迴舟。花樹浮宮闕，天池照冕旒。宸章在雲漢，垂象滿皇州。

【原評】

〔總〕前後二首皆詠上與太子諸王天倫之樂事。此樂難遭難遇，吾觀自古帝王有作述未必相承者矣，有事勢不得如意者矣。其難如此，既遭且遇，豈容辜負？辜負可惜，臣子欲詠歌而無從，奈之何哉？

春日早朝應制

竇叔向

紫殿俯千官，春松應合懽。御爐香焰暖，馳道玉聲寒。乳燕翻珠綴，祥烏集露盤。宮花一萬樹，不敢舉頭看。〔一〕

【原評】

〔一〕漢金日磾輸黃門養馬，武帝遊宴視馬，後宮滿側。日磾等數十人牽馬過殿下，莫不竊視，至日磾，獨不敢。帝奇焉。叔向之詩，蓋本此。然亦見漢唐之君臣，勢不甚懸隔也。

早朝大明宫呈兩省僚友

賈至

銀燭朝天紫陌長，禁城春色曉蒼蒼。千條弱柳垂青瑣，百囀流鶯遶建章。劍佩聲隨玉墀步，衣冠身惹御爐香。共沐恩波鳳池上，朝朝染翰侍君王。

和賈至舍人早朝大明宫之作

王維

絳幘雞人報曉籌，尚衣方進翠雲裘。九天閶闔開宫殿，萬國衣冠拜冕旒。〔一〕日色纔臨仙掌動，香煙欲傍衮龍浮。朝罷須裁五色詔，珮聲歸到鳳池頭。

【原評】

〔一〕劉須溪云：「帖子語，頗不癡重。」

和賈至舍人早朝大明宮之作

岑參

雞鳴紫陌曙光寒，鶯囀皇州春色闌。金闕曉鐘開萬户，玉堦仙仗擁千官。花迎劍佩星初落，柳拂旌旗露未乾。獨有鳳凰池上客，陽春一曲和皆難。

奉和賈至舍人早朝大明宮

杜甫

五夜漏聲催曉箭，九重春色醉仙桃。旌旗日暖龍蛇動，宫殿風微燕雀高。〔一〕朝罷香煙攜滿袖，詩成珠玉在揮毫。欲知世掌絲綸美，池上于今有鳳毛。

【原評】

〔一〕劉云：「壯麗自足。若非『微』字清洒，不免癡肥矣。謾發此議。」

【今校】

評語「自足」，《唐詩品彙》卷八十四作「自是」。

紫宸殿退朝口號

杜甫

户外昭容紫袖垂，雙瞻御座引朝儀。香飄合殿春風轉，花覆千官淑景移。〔一〕晝漏稀聞高閣報，天顔有喜近臣知。〔二〕宫中每出歸東省，會送夔龍集鳳池。

【原評】

〔一〕劉云：「春容富麗。」

〔二〕劉云：「意外意。」

【今校】

評語，「春容」，《唐詩品彙》卷八十四作「從容」。

宣政殿退朝晚出左掖

杜甫

天門日射黄金榜，春殿晴曛赤羽旗。宫草菲菲承委佩，爐煙細細駐遊絲。雲近蓬萊常五色，雪殘鳷鵲亦多時。〔一〕侍臣緩步歸青瑣，退食從容出每遲。

【原評】

〔一〕劉云：「佳處自在可想。」

西掖省即事

岑參

西掖重雲開曙暉，北山疏雨點朝衣。千門柳色連青瑣，三殿花香入紫微。平明端笏陪鴛列，薄暮垂鞭信馬歸。官拙自悲頭白盡，不如巖下偃荊扉。

秋日早朝

許　渾

宵衣應待絶更籌，環珮鏘鏘月下樓。井轉轆轤千樹曉，鎖開閶闔萬山秋。龍旂盡引趨金殿，雉扇纔分拜玉旒。虚戴鐵冠無事日，滄江歸去老漁舟。

【原評】

〔總〕四作與《早朝大明宫》詩并詠，而後二首知歸，尤堪咀嚼。

詠史

李　華

漢皇修雅樂，乘輿臨太學。三老與五更，天王親割酌。一人調風俗，萬國和且平。單于騾款塞，武庫欲銷兵。文物此朝成，君臣何穆清。至今遺壇下，如有簫韶聲。〔一〕

【原評】

〔一〕舞干羽於兩階，有苗來格，此道鮮有窺其微者。華之識及此矣，是以看得到，言得親切。

【今校】

《唐詩品彙》卷十七，「酌」作「烹」，「成」作「盛」。

宋中

高適

景公德何廣，臨變莫能欺。三請皆不忍，妖星終自移。君心本如此，天道豈無知。〔一〕

【原評】

〔一〕君心與天道，隨感而應，此理誠然，猶是兩个。君心即天道，初無有二，故曰「本如此」。天道之知，即吾心之知，故曰「豈無知」。

【今校】

《唐詩品彙》卷十二有五首，此其三。

臣道

臣道非一，總根于忠君愛國之心。有其心，自然盡其道。蓋不論職之崇卑，遇之亨否，而心不變，道固常存。有若人，而宗社由之奠安，民生由之休遂，綱常由之維植。不然，於世道何藉也？唐詩中，往往有歌吟是事者。予覽其詞而惕於衷，或爲之欣然以喜，或爲之悚然以敬，或爲之勃然怒而衝冠，皆可以備勸戒之道，而鼓激此心者，因録而時時詠之。

中書即事

裴度

有意效承平，無功答聖明。灰心緣忍事，霜鬢爲論兵。道直身還在，恩深命轉輕。鹽梅非擬議，葵藿是平生。白日長懸照，蒼蠅謾發聲。嵩陽舊田地，終使謝歸耕。

述懷

魏徵

中原還逐鹿，投筆事戎軒。縱横計不就，慷慨志猶存。策杖謁天子，驅馬出關門。請纓繫南越，憑軾下東藩。鬱紆陟高岫，出没望平原。古木鳴寒鳥，空山啼夜猿。既傷千里目，還驚九折魂。豈不憚艱險，深懷國士恩。季布無二諾，侯嬴重一言。人生感意氣，功名誰復論。

【原評】

〔總〕二公皆唐賢臣，即其言可以見其志；有其志，此功業之所由成也。

論政

邵謁

賢哉三握髮，爲有天下憂。孫弘不開閣，丙吉寧問牛。内政由股肱，外政由諸侯。股肱政若行，諸侯政自修。一物不得所，蟻穴漏山丘。莫言萬木死，不因一葉秋。朱雲若不直，漢帝終自由。子嬰一失國，渭水東悠悠。〔一〕

【原評】

〔一〕股肱政行，而諸侯政修。此探本之論。一葉方秋，而萬木隨死，此知微之言。首提「三握髮」，爲人大臣者，當知所取法矣。

【今校】

「漏」，《唐詩品彙》卷二十二作「滿」。

連昌宮辭

元稹

連昌宮中滿宮竹，歲久無人森似束。又有墻頭千葉桃，風動落花紅簌簌。宮邊老人爲余泣，小年選進因曾入。上皇正在望仙樓，太真同凭闌干立。樓上樓前盡珠翠，炫轉熒煌照天地。歸來如夢復如癡，何暇備言宮裏事。初過寒食一百六，店舍無煙宮樹緑。夜半月高絃索鳴，賀老琵琶冠場屋。力士傳呼覓念奴，念奴潛伴諸郎宿。須臾覓得又連催，特敕街中許然燭。春嬌滿眼睡紅消，掠削雲鬟旋妝束。飛上九天歌一聲，二十五郎吹管逐。逡巡大遍梁州徹，色色龜茲轟陸續。李謩擪笛傍宮墻，偷得新歡數般曲。平明大駕發行宮，萬人鼓舞途路中。百家隊仗避岐薛，楊氏諸兒車鬭風。明年十月東都破，御路猶存禄山過。驅令供頓不敢藏，萬姓無聲淚潛墮。兩宮定後六七年，却尋家舍行宮前。莊園燒盡有枯井，行宮門闥樹宛然。爾後相傳六皇帝，不到離宮門久閉。往來年少説長安，玄武樓成花萼廢。去年敕賜因砍竹，偶值門開暫相逐。荆榛櫛比廢池塘，狐兔嬌癡緣樹木。舞榭欹傾臺尚在，文窗窈窕紗猶緑。塵埋粉壁舊花鈿，烏啄風箏碎珠玉。上皇偏愛臨砌花，依然御榻臨堦斜。蛇出燕巢盤鬭栱，菌生香案正當衙。寢殿相連端正樓，太真梳洗樓上頭。晨光未出簾影動，至今反挂珊瑚鈎。指似傍人因慟哭，却立宮門淚相續。自從此後還閉門，夜夜狐狸上門屋。我聞此語心骨悲，太平誰致亂者誰。翁言野父何分別，耳聞目見爲君説。姚崇宋璟作相公，勸諫上皇言語切。燮理陰陽禾黍豐，調和中外無兵戎。長官清平太守好，揀選皆言由至公。開元之末姚宋死，朝廷漸漸由妃子。禄山宫中養作兒，虢國門前鬧如市。弄權宰相不記名，依稀記得楊與李。廟謨顛倒四海摇，五十年來作瘡痏。今皇神聖丞相明，詔書纔下吴蜀平。官軍又取淮南賊，此賊亦除天下寧。年年耕種宫前道，今年不遣子孫耕。老翁此意深望幸，努力廟謨休用兵。〔一〕

【原評】

〔一〕《唐書》云：「穆宗在東宫，有妃嬪，誦元稹歌詩以爲樂曲者，知是稹所爲，宫中呼爲『元才子』。荆南監軍崔峻歸朝，出《連昌宫詞》一篇奏御。穆宗大悦，即日拜祠部郎中，知制誥，遷翰林學士。」〇曾南豐云：「《津易門詩》、《長恨歌》、《連宫詞》，俱載開元間事。微之之詞，不獨富麗，至『長官清平太守好，揀選皆言由至公』，委任責成，治之所興也。『禄山宫中養作兒，虢國門前鬧如市』，險詖私謁，無所不至，安得不亂耶？稹之敘事，遠過二子。」

【今校】

《唐詩品彙》卷三十七，「冠場屋」作「擅場屋」，評語爲題下注，「津易門」作「津陽門」，是。「開元之末姚宋死」，「之」原作「欲」，據《元氏長慶集》改。

舂陵行 并序

元　結

癸卯歲，漫叟授道州刺史。道州舊四萬餘户，經賊已來，不滿四千，大半不勝賦税。到官未五十日，承諸使徵求，符牒三佰餘封，皆曰失其限者，罪至貶削。於戲！若悉應其命，則州縣破亂，刺史欲焉逃罪？若不應命，又即獲罪戾，必不免也。吾將守官，静以安人，待罪而已。此州是舂陵故地，故作《舂陵行》，以達下情。

軍國多所須，切責在有司。有司臨郡縣，刑法竟欲施。供給豈不憂，徵斂又可悲。州小經亂亡，遺人實困疲。大鄉無十家，大族命單羸。朝飡是草根，暮食乃木皮。出言氣欲絶，意速行步遲。追呼尚不忍，況乃鞭朴之？郵亭急傳符，來往跡相追。更無寬大恩，但有迫促期。欲令鬻男女，言發恐亂隨。悉使索其家，而又無生資。聽彼道路言，恐傷復誰知。去冬山賊來，殺奪幾無遺。所願見王官，撫養以惠慈。奈何重驅逐，不使存活爲。安人天子命，符節我所持。州縣忽亂亡，得罪復是誰？逋緩違詔命，蒙責固所宜。前賢重守分，惡以禍福移。亦云貴守官，不愛能適時。顧惟孱弱者，正直當不虧。何人采國風，吾欲獻此辭。

【今校】《唐詩品彙》卷十七,「恐傷」作「怨傷」,「詔命」作「詔令」。

賊退示官吏

元結

癸卯歲,西原賊入道州,焚燒煞掠幾盡而去。明年,賊又攻永破郡,不犯此州邊鄙而退,豈力能制敵歟?蓋蒙其傷憐而已。諸使何爲忍苦徵斂?故作詩一篇,以示官吏。

昔歲逢太平,山林二十年。泉源在庭户,洞壑當門前。井税有常期,日晏猶得眠。忽然遭世變,數歲親戎旃。今來典所郡,山夷又紛然。城小賊不屠,人貧傷可憐。是以陷鄰境,此州獨見全。使臣將王命,豈不如賊焉?今彼徵斂者,迫之如火煎。誰能絶人命,以作時世賢。思欲委符節,引竿自刺船。將家就魚麥,歸老江湖邊。

【今校】焚燒,原作「樊」一字,據《唐詩品彙》卷十七、《次山集》卷四改補。《唐詩品彙》卷十七「煞」作「殺」,「所郡」作「斯郡」。

和元使君春陵行

杜　甫

序云：覽道州元使君《春陵行》兼《賊退後示官吏作》二首。志之曰：當天子分憂之地，效漢官良吏之日。今盜賊未息，知民疾苦。得結輩十數公，落落參差天下爲邦伯，萬物吐氣，天下少安可待矣。不意復見比興體制，微婉頓挫之詞，感而有詩，增諸卷軸，簡知我者，不必寄元也。

遭亂髮盡白，轉衰病相嬰。沉綿盜賊際，狼狽江漢行。歎時藥力薄，爲客羸瘵成。吾人詩家秀，博采世上名。粲粲元道州，前賢畏後生。觀乎春陵作，欻見後哲情。復覽賊退篇，結也實國楨。賈誼昔流慟，匡衡常引經。道州憂黎庶，詞氣浩縱橫。兩章對秋月，一字偕華星。致君唐虞際，純朴憶大庭。何時降璽書，用爾爲丹青。獄訟久衰息，豈唯偃甲兵。悽惻念誅求，薄斂近休明。乃知正人意，不苟飛長纓。涼飇振南岳，之子寵若驚。色阻金印大，興含滄溟清。我多長卿病，日夕思朝廷。肺枯渴太甚，漂泊公孫城。呼兒具紙筆，隱几臨軒楹。作詩呻吟內，墨淡字欹傾。感彼危苦詞，庶幾知者聽。

【原評】

〔總〕前《連昌宮詞》，明玄宗之世，以姚宋而理，以楊李而亂。國家之理亂，係于宰相，炳然可鏡也。後《春陵行》《示官吏》詩，次山一腔保民之真愛，雖慈父母不能過。少陵謂「得結輩十數公，參錯天下，萬物吐氣，天下少安」，蓋深知民生之休戚係于守令，意念深矣！昔人有謂，不得爲相，則願爲令。相近君，其道易行；令近民，其澤易究。故爲人臣者，職事雖隨遇自盡，而惟居相與令之職者，尤不可孤負。今何如哉？難言之矣！夫世有賢相，天下共仰，而賢令如次山，恐不足以投時。非具眼如少陵，其誰賞之？少陵之意，直欲用之爲相。次山爲相，豈讓姚、宋？當是伊、周之亞。然而破格之用，自古已難，吾於此不能不爲三歎云。

蜀相

上元元年成都府作。

杜甫

丞相祠堂何處尋，錦官城外柏森森。映階碧草自春色，隔葉黃鸝空好音。三顧頻繁天下計，兩朝開濟老臣心。出師未捷身先死，長使英雄淚滿襟。〔一〕

【原評】

〔一〕劉云：「全首如此，一字一淚矣。」又云：「寫得使人不忍讀，故以爲至。」又云：「千年遺下此語，使人意傷。」

又　杜甫

諸葛大名垂宇宙，宗臣遺像肅清高。三分割據紆籌策，萬古雲霄一羽毛。伯仲之間見伊吕，指揮若定失蕭曹。〔一〕運移漢祚終難復，志決身殲軍務勞。

【原評】

〔一〕劉云：「兩語氣槩别，足掩上句之劣。知己語。贊孔明者，不能復出此也。」

【今校】

《唐詩品彙》卷八十四選杜甫《詠懷古跡》二首，此其二。

杜侍御送貢物戲贈　張謂

銅柱朱崖道路難，伏波横海舊登壇。越人自貢珊瑚樹，漢使何勞獬豸冠。疲馬山中愁日晚，孤舟江上畏春寒。由來此貨稱難得，多恐君王不忍看。〔一〕

【原評】

〔一〕明王不貴異物，而臣子何可貢非所貢？甚至疲馬孤舟，勞民竭力，侍御於是乎不勝罪矣。末句詞婉而意切。

送丘爲落第歸江東

王　維

憐君不得意，况復柳條春。爲客黃金盡，還家白髮新。五湖三畝宅，萬里一歸人。知你不能薦，羞稱獻納臣。

【今校】

「你」，《唐詩品彙》卷六十一作「爾」。

閒居雜興

陳　陶

一顧成周力有餘，白雲閒釣五溪漁。中原莫道無麟鳳，自是皇家結網疏。〔一〕

【原評】

〔一〕謝云：「天下有非常之才，朝不能用，乃隱於漁釣，不可謂世無英雄也。」

〔總〕薦賢爲國，人臣第一義。知柳下惠之賢，而不與立，夫子以爲竊位，摩詰以爲羞，宜矣！丘爲事母孝，常有靈芝生堂下，不特才當薦也。至於皇家結網，乃宰相之責。則天讀賓王之檄而歎曰：「有才如此，而使之流落不偶，宰相之過也。」李吉甫爲相，謂中書舍人裴垍曰：「吉甫蒙恩圖報，惟在進賢，而後進罕所接識。君有精鑒，願爲言之。」垍筆疏其人以進，吉甫選用俱盡。今固無用人之吉甫，亦無薦人之裴垍矣！

【今校】

《唐詩品彙》卷五十四「五溪漁」作「五谿魚」，評語「不」作「未」。

齪齪

韓 愈

齪齪當世士，所憂在饑寒。但見賤者悲，不聞貴者歎。大賢事業異，遠抱非俗觀。報國心皎潔，念時涕汍瀾。妖姬坐左右，柔指發哀彈。酒餚雖日陳，感激寧爲歡。秋陰欺白日，泥潦不少乾。河堤決東郡，老弱隨驚湍。天意固有屬，誰能詰其端？願辱太守薦，得充諫諍官。排雲叫閶闔，披腹呈琅玕。致君豈無術，自進誠獨難。〔一〕

【原評】

〔一〕貞元十五年，鄭滑大水。此篇大抵言當世之士，齪齪無能爲國慮者。

【今校】

《唐詩品彙》卷二十「餚」作「殽」，評語在題下。

古興

薛　據

日中望雙闕，軒蓋揚飛塵。鳴珮初罷朝，自言皆近臣。光華滿道路，意氣安可親？歸來宴高堂，廣筵羅八珍。僕妾盡錦綺，歌舞夜達晨。四時自相代，誰能分要津。已看覆前車，未見改後輪。丈夫須兼濟，豈得樂一身？君今皆得志，肯顧憔悴人。〔一〕

【原評】

〔一〕此與前首意同而語更顯，當時人情仕道如此。試觀今日，將無同否？

【今校】

《唐詩品彙》卷十六「雙闕」作「仙闕」，「鳴佩」作「鳴珂」，「錦綺」作「紈綺」，「自相代」作「固相代」，「改」作「易」。

守睢陽詩

張　巡

接戰春來苦，孤城日漸危。合圍侔月暈，分守若魚麗。屢厭黄塵起，時將白羽揮。裹瘡猶出陣，飲血更登陴。忠信應難敵，堅貞諒不移。無人報天子，心計欲何施。

聞笛

張　巡

岧嶤試一臨，虜騎附城陰。不辨風塵色，安知天地心。門開邊月近，戰苦陣雲深。旦夕更樓上，遥聞横笛音。〔一〕

【原評】

〔一〕此亦守睢陽而作也。睢陽忠節之士，其表見於世者非以文墨，而詩可見者，使人誦之加敬。

【今校】

評語「亦」，《唐詩品彙》卷六十三作「篇」。

送彈琴李長史赴洪州

劉長卿

抱琴爲傲吏，孤棹復南行。幾處秋江水，皆添白雪聲。佳期來客夢，幽思緩王程。佐牧無勞問，心和政自平。

【今校】

此當爲錢起詩。見《唐詩品彙》卷六十四，又見《錢仲文集》卷五。

寄韓鵬

李頎

爲政心閒物自閒，朝看飛鳥暮飛還。寄書河上神明宰，羨爾城頭姑射山。〔一〕

【原評】

〔一〕清極。

送長沙韋明府之縣

郎士元

秋入長沙縣，蕭條旅宦心。煙波連桂水，官舍映楓林。雲日楚山暮，沙汀白鷺深。遥知訟堂裏，佳政在鳴琴。

送淮陰丁明府　朱慶餘

之官未及境，已有愛人心。遣吏回中路，停船對遠林。鳥聲淮浪静，雨色稻苗深。暇日公門掩，唯聞伴客吟。

【原評】

〔總〕四首言政俱從心上説來，溯窮根本，其味深長。

問元次山　次山居武昌之樊山，新春大雪，以詩問之。　孟彦深　天寶末爲武昌令。

江山十日雪，雪深江霧濃。起來望樊山，但見羣玉峰。林鶯却不語，野獸翻有踪。山中應大寒，短褐何以安。皓氣凝書帳，清著釣魚竿。懷君欲進謁，溪滑渡舟難。〔一〕

【原評】

〔一〕爲令而問次山，其知所敬禮可知，能修其職者也。

【今校】

詩題，《石倉歷代詩選》卷四十六作「元次山居武昌之樊昌新春大雪以詩問之」。「完」，《唐詩紀事》卷二十四作「安」。

酬孟彦深

元次山

積雪閉山路，有人到庭前。云是孟武昌，令獻苦雪篇。長吟未及終，不覺爲悽然。古之賢達者，與世更何異。不能救時患，諷諭以全意。知公惜春物，豈非愛時和。知公苦陰雪，傷彼災患多。姦兇正驅馳，不合問君子。林鶯與野獸，無乃怨如此。兵興向九歲，稼穡誰能憂。何時不發卒，何日不殺牛。耕者日已少，耕牛日已希。皇天復何忍，更又思斃之。自經危亂來，觸物堪傷歎。見君問何意，只益胸中亂。山禽饑不飛，山木凍皆折。懸泉化爲冰，寒爐近不熱。出門望天地，天地皆昏昏。時見雙峯下，雪中生白雲。〔一〕

【原評】

〔一〕次山纔舉念便在蒼生，纔開口便傷時事，使在要地，其所施設利濟，當何如耶？

顔師古武德初刺廉州州人歌之師古，之推之後。

廉州顔有道，性行同莊老。愛人如赤子，不殺非時草。

寄李儋元錫　韋應物

去年花裏逢君別，今日花開已半年。世事茫茫難自料，春愁黯黯獨成眠。身多疾病思田里，邑有流亡愧俸錢。〔一〕聞道欲來相問訊，西樓望月幾回圓。

【原評】

〔一〕苕溪云：「士君子當以此切切存心，彼一意供租斂、事土木，視民如仇者，得無愧此？」

【今校】

「已半」，《唐詩品彙》卷八十六作「又一」。

閭里謡　李紳

鄉里兒，桑麻鬱，禾黍肥。冬有繿襦夏有絺，兄鉏弟耨妻在機，夜犬不吠開蓬扉。

鄉里兒，醉還飽，濁醪初熟勸翁媼。鳴鳩拂羽知年好，齊和楊花踏青草。勸少年，樂耕桑。使君爲我剪荆棘，使君爲我驅豺狼。林中無虎山有鹿，水底無蛟魚有魴。父子獵歸白日暮，明月處處舂黄糧。鄉里兒，東家父老爲爾言。鼓腹那知生育恩，莫令太守馳朱旛。懸鼓一鳴羣鵲喧，惡聲主吏噪爾門，唧唧力力烹雞豚。鄉里兒，莫悲咤。上有明王頒詔下，重選賢良恤孤寡。春日遲遲驅五馬，留犢投錢以爲謝。鄉里兒，終爾詞。我無却巧惠無私，舉手一揮臨路岐。

野老歌 一作「山農詞」。

張　籍

老翁家貧在山住，耕種山田三四畒。苗疏稅多不得食，輸入官倉化爲土。歲暮鋤犂倚空室，呼兒登山收橡實。西江賈客珠百斛，船中養犬長食肉。

富貴曲

鄭雲叟

美人梳洗時，滿頭間珠翠。豈知兩片雲，戴却數鄉税。

詠蠶

蔣貽恭

辛勤得繭不盈筐，燈下繅絲恨更長。着處不知來處苦，但貪衣上繡鴛鴦。

【原評】

〔總〕已上三首詩，爲民上者，所宜痛心。

封丘縣

高適

我本漁樵孟諸野，一生自是悠悠者。乍可狂歌草澤中，寧堪作吏風塵下。祇言小邑無所爲，公門百事皆有期。拜迎官長心欲碎，鞭撻黎庶令人悲。悲來向家問妻子，舉家盡笑今如此。生事應須南畝田，世情付與東流水。夢想舊山安在哉，爲銜君命日遲迴。乃知梅福徒爲爾，轉憶陶潛歸去來。

【今校】

「笑」，《唐詩品彙》卷二十九作「嘯」。

漆園

王　維

古人非傲吏，自闕經世務。偶寄一微官，婆娑數枝樹。〔一〕

【原評】

〔一〕《朱子語録》云：「摩詰輞川此詩，余深愛之。每以語人，輒無解余意者。」○劉云：「便在謝東山輩，口語皆成高韻。」

拘幽操

文王拘羑里作。

韓　愈

目揜揜兮其凝其盲〔一〕，耳肅肅兮聽不聞聲。朝不見日出兮，夜不見月與星。有知無知兮，爲死爲生。嗚呼！臣罪當誅兮，天王聖明。〔二〕

【原評】

〔一〕劉云：「極形容之苦，不可謂非怨也。」

〔二〕程伊川曰：「道文王意中事，前後人道不到此。」○徐仲車云：「可謂知文王之用心矣！《凱風》七子之母，猶不能安其室，而云『母氏聖善，我無令人』，重自責也！」

【今校】

《唐詩品彙》卷三十五「拚拚」作「掩掩」，評語〔二〕「怨」作「怒」。

被出濟川

王維

微官易得罪，謫去濟川陰。執政方持法，明君無此心。閭閻河潤上，井邑海雲深。縱有歸來日，多愁年鬢侵。

【今校】

詩題「濟川」，《唐詩品彙》卷六十一作「濟州」，誤。

送李少府貶峽中王少府貶長沙

高適

嗟君此別意何如，駐馬銜杯問謫居。巫峽啼猿數行淚，衡陽歸雁幾封書。青楓江上秋天遠，白帝城邊古木疏。聖代即今多雨露，暫時分手莫躊躇。

鳳凰臺 成州有鳳凰山，即秦弄玉、蕭史吹簫之地。

杜　甫

亭亭鳳凰臺，北對西康州。西伯今寂寞，鳳凰亦悠悠。山峻路絶蹤，石林氣高浮。安得萬丈梯，爲君上上頭。恐有無母雛，饑寒日啾啾。我能剖心血，飲啄慰孤愁。心以當竹實，炯然忘外求。血以當醴泉，豈徒比清流。所重王者瑞，敢辭微命休。坐看綵翮長，舉意八極周。自天銜瑞圖，飛下十二樓。圖以奉至尊，鳳以垂鴻猷。再光中興業，一洗蒼生憂。深衷正爲此，羣盜何淹留。〔一〕

【原評】

〔一〕劉云：「懇至不厭。」

【今校】

「鳳凰亦悠悠」，《唐詩品彙》卷七作「鳳聲亦悠悠」。

類選唐詩助道微機卷之三

交友

《伐木》之篇，專明友道。首言「鳥鳴嚶嚶」，見人不求友，鳥之不如。後言「神之聽之」，見朋友之誼，通乎神明。詠歌其重，至深切矣！夫友之爲用廣矣。吾人一生，無一日無一處而可無友也？進德修業，稍自離群，則孤陋寡聞，聖門斥之。周公一日三吐三握，猶恐失天下之士，爲相而求友也。子賤治單父，友事者十一人，稟度者五人，爲宰而求友也。孔融有忘年之交，幼而求友也。衛武公作《抑》之詩，令人日歌其側，贄御矇瞽，皆爲良友，年九十而不衰，老而求友也。不特此也。曹參爲齊相，請事蓋公，避正堂以舍之；于定國爲廷尉，迎師學《春秋》，備弟子禮。師即友之尊于我者也。今之服官者，其能有所師乎？裴垍手書三十餘人於李吉甫，數月盡用，翕然稱得人。夫子謂「舉爾所知」，夫密交乃足稱知。垍所知交，抑何盛也！今之用世者，能有所知三十餘人在胸中者乎？魏李豐爲司馬師所殺，弟翼爲兖州刺史，師遣使收之，翼妻荀氏曰：「可及詔書未至赴吴，何爲坐致死亡？左右可同赴水火者爲誰？」翼思未答，荀氏曰：「君在大州，乃不知可與同死生者。雖去，亦不免。」遂止，卒見殺。今之爲州爲郡爲大藩者，有知可與同死生，不爲荀氏所譏者乎？予撫今懷古，感激時深。每讀唐詩，有義關友朋者，别爲拈揭，聊用舒懷。若樂天、昌黎等，能敦斯道，可法；韋蘇州賦性高潔，所至焚香掃地而坐，似與世無偶者，而懷友之念獨殷，首首不乏其致，尤可喜可敬也！他歎遭遇之難，傷交道之喪，俱堪儆心，更足墮淚。嗟乎！《伐木》而後，其闡揚爲加暢也已！

有所思

韋應物

借問堤上柳，青青爲誰春。空遊昨日地，不見昨日人。繚繞萬家井，往來車馬塵。莫道無相識，要非心所親。〔一〕

【原評】

〔一〕劉云：「逢春感興，此等語不會絶，但澹味又别也。」

獨游西齋寄崔主簿

韋應物

同心忽已别，昨事方成昔。幽逕還獨尋，緑苔見行跡。〔一〕秋齋正蕭散，煙水易昏夕。憂來結幾重，非君不可釋。

【原評】

〔一〕蕭然今昔之感。

秋夜

韋應物

晚窗涼葉動，秋天寢席單。憂人半夜起，明月在林端。〔一〕一與清景遇，每憶平生歡。如何方惻愴，披衣露更寒。

【原評】

〔一〕何必思索，洞見本懷。

【今校】

「晚窗」，《唐詩品彙》卷十四、《韋蘇州集》卷八作「暗窗」。「清景」，《唐詩品彙》作「秋景」。

寄馮著

韋應物

春雷起萌蟄，土壤日已疏。胡能遭盛明，才俊伏里閭。偃仰遂真性，所求唯斗儲。披衣出茅屋，盥漱臨清渠。吾道亦自適，退身保玄虛。幸無職事牽，且覽案上書。親友各馳騖，誰當訪敝廬。思君在何夕，明月照廣除。

暮相思

韋應物

朝出自不還，暮歸花盡發。豈無終日會，惜此花間月。空館忽相思，微鐘坐來歇。〔一〕

【原評】

〔一〕只結句十字，神意悄然，得於實境。尋其上四語，則頃刻不能爲懷。故題曰「暮相思」。彼何知作者用心苦耶？

春中憶元二

韋應物

雨歇萬井春，柔條已含綠。徘徊洛陽陌，惆悵杜陵曲。遊絲正高下，啼鳥還斷續。有酒今不同，思君瑩如玉。〔一〕

【原評】

〔一〕讀蘇州書，如讀道書。

【今校】

評語「蘇州書」，《唐詩品彙》卷十四作「蘇州詩」。

夏夜憶盧嵩

韋應物

藹藹高館暮，開軒滌煩襟。不知湘雨來，灊灑在幽林。炎月得凉夜，芳尊誰與斟。故人南北居，累月間徽音。人生無閒日，歡會當在今。反側候天旦，層城苦沉沉。〔一〕

【原評】

〔一〕苦語不自覺。

寄盧陟

韋應物

柳葉遍寒塘，曉霜凝高閣。累日此留連，別來成寂寞。〔一〕

【原評】

〔一〕劉云：「題寄盧陟，如是此種風氣，亦復可誦。」

初發楊子寄元大校書

韋應物

悽悽去親愛，泛泛入煙霧。〔一〕歸棹洛陽人，殘鐘廣陵樹。今朝此爲别，何處還相遇？世事波上舟，沿洄安得住。

【原評】

〔一〕至濃至淡，便是蘇州筆意。

自鞏洛舟行入黄河即事寄府縣僚友

韋應物

夾水蒼山路向東，東南山豁大河通。寒樹依微遠天外，夕陽明滅亂流中。孤村幾歲臨伊岸，一雁初晴下朔風。爲報洛橋遊宦侶，扁舟不繫與心同。〔一〕

【原評】

〔一〕瀟灑不乏法度。

【今校】

「夾水」，《唐詩品彙》卷八十六作「綠水」。

城中卧疾知閻薛二子屢從邑令飲因以贈之

韋應物

車馬日蕭蕭，胡不往我廬。方來從令飲，卧病獨何如。秋風起漢臯，開户望平蕪。即此稀音素，焉知中密疏。渴者不思火，寒者不求水。人生羈寓時，去就當如此。猶希心異跡，眷眷存終始。〔一〕

【原評】

〔一〕真素悃款，亦今人所羞道。

【今校】

評語「悃款」，原作「悃疑」，據《唐詩品彙》卷十四改。

答李澣

韋應物

林中觀《易》罷，溪上對鷗閒。楚俗饒辭客，何人最往還。

【今校】

《唐詩品彙·拾遺》卷四有三首，此其三。

寄元微之

白居易

花時同醉破春愁，聊把花枝當酒籌。忽憶故人天際去，計程今日到凉州。〔一〕

【原評】

〔一〕白樂天與元微之友善。微之爲御史，鞫獄梓潼，樂天爲尚書，在都下與名輩遊慈恩寺，花下小酌，作此詩寄之。

【今校】

詩題，《白氏長慶集》卷十四作「同李十一醉憶元九」。「聊把」，《白氏長慶集》作「醉折」。凉州，《白氏長慶集》同，朱金城《白居易集箋校》云：「興元府即梁州漢中郡，唐屬山南西道，爲元稹使蜀所經之地。凉州武威郡屬隴右道。『梁』『凉』音同而誤。據《才調》《本事詩》改正。汪本、《全詩》俱注云：『一作梁。』俱非。何校：『宋刻、蘭雪皆作凉。』黄校云：『當作梁。』黄校是也。」

按：朱校是。

遠遊詩寄樂天　元稹

夢君兄弟曲江頭，又向慈恩寺裏遊。驛吏喚人驅馬去，忽驚身已在凉州。〔一〕

【原評】

〔一〕微之至褒城，亦作此詩寄樂天。千里神交，若合符契。朋友之道，斯其至矣！

【今校】

「寺裏」，《本事詩》作「院院」，一作「院裏」。「身已在凉州」，《本事詩》作「身在古梁州」。按：作「梁州」是。

聞白樂天左降江州司馬　元稹

殘燈無焰影幢幢，此夕聞君謫九江。垂死病中驚坐起，暗風吹雨入寒窗。〔一〕

【原評】

〔一〕白樂天云：「此句他人尚不可聞，況僕哉！」洪容齋云：「嬉笑之怒，甚於裂眥；長歌之悲，過於慟哭。」此語誠然。

長安交游者贈孟郊

韓　愈

長安交游者，貧富各有徒。親朋相過時，亦各有以娱。陋室有文史，高門有笙竽。何能辨榮悴，且欲分賢愚。〔一〕

【原評】

〔一〕葛立方云：「公此詩，貧者文史之樂賢於富者笙竽之樂也。」

江漢一首答孟郊

韓　愈

江漢雖云廣，乘舟渡無艱。流沙信難行，馬足常往還。淒風結衝波，狐裘能禦寒。終宵處幽室，華燭光爛爛。苟能行忠信，可以居夷蠻。嗟余與夫子，此義每所敦。何爲復見贈，繾綣在不諼。

醉留東野

韓　愈

昔年因讀李白杜甫詩，長恨二人不相從。吾與東野生並世，如何復躡二子蹤。

東野不得官，白首誇龍鍾。韓子稍姦黠，自慚青蒿倚長松。低頭拜東野，願得終始如駏蛩。東野不迴顧，有如寸莛撞巨鐘。吾願身爲雲，東野變爲龍。四方上下逐東野，雖有別離無由逢。

【今校】

《唐詩品彙》卷三十五「誇」作「跨」，誤；「駏蛩」作「驅蟲」；「回顧」作「回頭」。

山石

韓　愈

山石犖确行逕微，黄昏到寺蝙蝠飛。升堂坐階新雨定，芭蕉葉大梔子肥。僧言古壁佛畫好，以火來照所見稀。鋪牀拂席置羹飯，疏糲亦足飽我饑。夜深静卧百蟲絶，清月出嶺光入扉。天明獨去無道路，出入高下窮烟霏。山紅澗碧紛爛熳，時見松櫪皆十圍。當流赤足蹋澗石，水聲激激風生衣。人生如此自可樂，豈必局束爲人鞿。嗟哉吾黨二三子，安得至老不更歸。〔一〕

【原評】

〔一〕樊澤之云：「蘇内翰嘗與客遊南溪，醉後相與解衣濯足，因詠公此篇，慨然知其所以樂，而忘其在數百年之外，因次其韻。」

冬宵引

宋之問

河有冰兮山有雪，北户墐兮行人絶。獨坐山中兮對松月，懷美人兮屢盈缺。明月的的寒潭中，青松幽幽吟輕風。此情不向俗人説，愛而不見恨無窮。

留别王維

孟浩然

寂寂竟何待，朝朝空自歸。欲尋芳草去，惜與故人違。〔一〕當路誰相假，知音世所稀。秖因守寂寞，還掩故園扉。

【原評】

〔一〕劉云：「箇中人，箇中語，看看便不同。」

【今校】

《唐詩品彙》卷六十「因」作「應」。評語「看看」作「看着」。

秋夜梁十三廳事

戎昱

今來秋已暮，還恐未成歸。夢裏家仍遠，愁中葉又飛。竹聲風度急，燈影月來微。得見梁夫子，心源有所依。

送朱大入秦

孟浩然

遊人五陵去，寶劍值千金。分手脱相贈，平生一片心。

【今校】

「分手」原誤作「分首」，據《唐詩品彙》卷三十九、《孟浩然集》卷四改。

杜少府之任蜀州

王勃

城闕輔三秦，風煙望五津。與君離別意，同是宦遊人。海内存知己，天涯若比鄰。無爲在岐路，兒女共霑巾。

同劉升宿

無　可

浮雲流水心，只是愛山林。共惜多年別，相逢一夜吟。既能持苦節，勿謂少知音。憶就西池宿，月圓松竹深。

冬夜耿拾遺王秀才就宿因傷故人

司空曙

舊時聞笛淚，此夜重沾衣。方恨同人少，何堪相見稀。竹煙凝澗壑，林雪似芳菲。多謝勞車馬，應憐獨掩扉。〔一〕

【原評】

〔一〕劉云：「語意閑到。」

【今校】

「車馬」原誤作「軍馬」，據《唐詩品彙》卷六十五、《全唐詩》卷二百九十二改。

碧澗別墅喜皇甫侍御相訪〔一〕

劉長卿

荒村帶晚照，落葉亂紛紛。古路無行客，空山獨見君。野橋經雨斷，澗水向田分。不爲憐同病，何人到白雲。

【原評】

〔一〕方虛谷云：「此詩句句明潤。」

【今校】

「晚照」，《劉長卿集》作「返照」。「空山」，集作「寒山」。

別杜審言

宋之問

卧病人事絶，嗟君萬里行。河橋不相送，江樹遠含情。

【今校】

《唐詩品彙》卷三十八題下注：「按：本集乃五言律詩。」後四句爲：「別路追孫楚，維舟弔屈平。可惜龍泉劍，流落在豐城。」

逢俠者

錢起

燕趙悲歌士，相逢劇孟家。寸心言不盡，前路日將斜。

送杜十四之江南

孟浩然

荆吴相接水爲鄉，君去春江正淼茫。日暮孤舟何處泊，天涯一望斷人腸。

送友人入蜀

李白

見説蠶叢路，崎嶇不易行。山從人面起，雲傍馬頭生。〔一〕芳樹籠秦棧，春流遶蜀城。升沉應已定，不必問君平。〔二〕

【原評】

〔一〕是真境。

〔二〕用蜀事，達者之言，忠告之詞。

送子容進士舉

孟浩然

夕曛山照没，送客出柴門。惆悵野中别，殷勤醉後言。〔一〕茂陵余偃息，喬木爾飛翻。無使谷風誚，須令友道存。

【原評】

〔一〕劉云：「寫得濃盡。」

【今校】

「没」，《唐詩品彙》卷六十作「滅」。「醉後」，宋本《孟浩然集》作「歧路」。「茂陵」，《孟浩然集》明活字本、清本同，《唐詩品彙》、宋本孟集、汲古閣本孟集及《英華》作「茂林」，是。李景白云：「漢武帝陵稱茂陵，與此無涉。茂林，借指隱處。」

秋夜送趙冽歸襄陽

錢起

斗酒忘言良夜深，紅萱露滴鵲驚林。欲知别後思多少，漢水東流是寸心。

【今校】

「多少」，《唐詩品彙》卷四十九作「今夕」。

送䲵司直

郎士元

曙雪蒼蒼兼曙雲，朔風燕雁不堪聞。貧交此別無他贈，唯有青山遠送君。〔一〕

【原評】

〔一〕可謂得趣，深交。代答云：「蒼蒼曙雪帶晴雲，燕雀隨風兩地聞。此去青山吾領略，還將緑水奉酬君。」

夢李白二首

杜　甫

死別已吞聲，生別常惻惻。〔一〕江南瘴癘地，逐客無消息。故人入我夢，明我長相憶。恐非平生魂，路遠不可測。魂來楓林青，魂返關塞黑。君今在羅網，何以有羽翼。落月滿屋梁，猶疑照顔色。〔二〕水深波浪闊，無使蛟龍得。〔三〕

【原評】

〔一〕劉云：「使其死耶，當不復哭矣。乃使人不能忘者，生別故。」

〔二〕《西清詩話》云：「白風神超邁，此詩傳其神者也。」

〔三〕劉云：「落月屋梁，偶然實景，不可再遇。」

【今校】

評語「生別故」下，《唐詩品彙》卷八有「也」字。《西清詩話》第十六條云：「李太白歷見司馬子微、謝自然、賀知章，或以爲可與神遊八極之外，或以爲謫仙人。其風神超邁，英爽可知。後世詞人狀者多矣，亦間於丹青見之，俱不若少陵云：『落月滿屋梁，猶疑照顔色。』熟味之，百世之下，想見風采，此與李太白傳神詩也。」見《宋詩話全編》第三册。

浮雲終日行，遊子久不至。〔一〕三夜頻夢君，情親見君意。告歸常局促，苦道來不易。〔二〕江湖多風波，舟楫恐失墜。出門搔白首，若負平生志。冠蓋滿京華，斯人獨憔悴。〔三〕孰云網恢恢，將老身反累。千秋萬歲名，寂寞身後事。〔四〕

【原評】

〔一〕劉云：「起語千言萬恨。」

〔二〕劉云：「夢中賓主語具足。」

〔三〕劉云：「語出，情痛自别。」

〔四〕劉云：「結極慘淡，情至語塞。」

自淇涉黄河途中作

高 適

東入黄河水，茫茫汎紆直。北望太行山，峨峨半天色。山河相映帶，深淺未可測。自昔有賢才，相逢不相識。

【今校】

《唐詩品彙》卷十二有五首，此其五。「紆」原作「紆」，據《唐詩品彙》改。

失意歸吴因寄東臺劉侍御

孟 郊

自念西上身，忽隨東歸風。長安日下影，又落江湖中。離婁豈不明，子野豈不聰。至寶非眼别，至音非耳通。因緘俗外調，仰寄高飛鴻。

【今校】

此首底本未標詩人名，當爲孟郊詩。詩題「侍御」，《唐詩品彙》卷二十作「侍郎」。

古風　李白

郢客吟白雪，遺響飛青天。徒勞歌此曲，舉世誰爲傳。試爲巴人唱，和者乃數千。吞聲何足道，歎息空淒然。

【今校】《唐詩品彙》卷四選李白《古風三十二首》，此其十六。

古風　李白

越客採明珠，提攜出南隅。清輝照海月，美價傾皇都。獻君君按劍，懷寶空長吁。魚目復相哂，寸心增煩紆。

【今校】此首在《唐詩品彙》卷四，《古風三十二首》之三十一。

結客少年行

虞世南

韓魏多奇節，倜儻遺聲利。共矜然諾心，各負縱横志。結交一言重，相期千里至。緑沉明月弦，金絡浮雲轡。吹簫入吴市，擊筑遊燕肆。尋源博望侯，結客遠相求。少年重一顧，長驅背隴頭。焰焰霜戟動，耿耿劍虹浮。天山冬夏雪，交河南北流。雲起龍沙暗，木落雁行秋。輕生狥知己，非是爲身謀。

【今校】

《唐詩品彙》卷一詩題「行」作「場」，「霜戟」作「戈霜」，「雁行」作「雁門」。

幽琴詠

劉長卿

月色滿軒白，琴聲宜夜闌。泠泠七絃上，静聽松風寒。古調雖自愛，今人多不彈。爲君投此曲，所貴知音難。

【今校】

詩題下，《唐詩品彙》卷十三有「上禮部侍郎」四字。

延康吟

賈島

寄居延康里，爲與延康鄰。不愛延康里，愛此里中人。人非十年故，人非九族親。人有不朽語，得之煙山春。

詠史

高適

尚有綈袍贈，應憐范叔寒。不知天下士，猶作布衣看。〔一〕

【原評】

〔一〕歎其不知人。

貧交行

杜甫

翻手作雲覆手雨，紛紛輕薄何須數。君不見管鮑貧時交，此道今人棄如土。〔一〕

【原評】

〔一〕劉須溪云：「只從俗諺，略證古意。」

題長安主人壁

張　謂

世人結交須黄金，黄金不多交不深。縱令然諾暫相許，終是悠悠行路心。

審交

孟　郊

種樹須擇地，惡土變木根。結交若失人，中道生謗言。君子芳桂性，春濃寒更繁。小人槿花心，朝在夕不存。莫躡冬冰堅，中有潛浪翻。唯當金石交，可與賢達論。

邊塞

邊塞之患，自古有之。患之生也，在禦得其策。策之禦也，貴任得其人。得人得策，則患亦無患。是故邊塞之儆，原未足爲太平之虞，惟是任匪其人，而後禦失其策，禍害之釀，日浸月深。以儆外一隅，而致中原動揺；以犬羊異類，而貽生靈塗炭。辟如人身瘖疳稍侵，庸醫無術，藥餌妄投，遂令元氣受損，性命是憂。嗟乎！亦可痛矣。蓋嘗溯古而論，干羽舞而有苗格，非迂遠之談；一人道泰，百辟虔共，萬方皞皞，庶類熙熙，此舞之實徵也。而文德誕著，遠人自來，此格之實理也。周伐玁狁，至於太原，不弛武，不窮兵，以宣王之勵精，吉甫之爲憲也。商伐鬼方，三年克之，不遑忿，不墜緒，以高宗之省躬，傅説之納誨也。夫觀前代之所以得，而後代邊塞之事，其所以失亦自了然矣。夫至于失，而國事民命尚忍言哉？是以吾讀唐人之詩，於其諷刺悲傷處，原其始而究其終，每爲之涕泗盈襟。居政本而寄閫外者，更宜於此三復焉。

古風

李白

羽檄如流星，虎符今專城。喧呼救邊急，羣鳥皆夜鳴。〔一〕白日耀紫微，三公運權衡。天地皆得一，澹然四海清。借問此何爲，答言此徵兵。渡瀘及五月，將赴雲南征。怯卒非戰士，炎方難遠行。長號别嚴親，日月慘光晶。泣盡繼以血，心摧兩無聲。困獸當猛虎，窮魚餌奔鯨。千去不一回，投軀豈全生。如何舞干戚，一使有苗平。〔二〕

【原評】

〔一〕劉云：「非實涉是境，不知其妙。若模寫及此，則入神矣。」

〔二〕蕭云：「此篇爲討雲南而敗，歎大臣不能如益、禹之佐舜，敷文德以來遠人，致有覆軍殺將之耻，其愛君憂國之意深矣。言之者無罪，聞之者足以戒，悲夫！」

【今校】

此詩在《唐詩品彙》卷四所選李白《古風三十二首》其二十二。「此徵兵」作「楚徵兵」。評語「實涉」作「蹊涉」。

遣興

杜　甫

下馬古戰場，四顧俱茫然。風悲浮雲去，黄葉墜我前。朽骨穴螻蟻，又爲蔓草纏。故老行歎息，今人尚開邊。漢虜互勝負，封疆不常全。安得廉頗將，三軍同晏眠。

【今校】

《唐詩品彙》卷八有四首，此其四。

【原評】

〔總〕前首注意君與相，後首注意將。有君相，則有將，三軍晏而民生安矣。不然，雖有金湯不能守，雖有貔貅不能帥，雖有糗粻不能理，立見危亡，亦且奈之何哉？

燕支行

王　維

漢家天將才且雄，來時謁帝明光宫。萬乘親推雙闕下，千官出餞五陵東。擔辭甲第金門裏，身作長城玉塞中。衛霍纔堪一騎將，朝廷不數貳師功。趙魏燕韓多勁卒，關西俠少何咆哮。報讐只是聞嘗膽，飲酒不曾妨刮骨。畫戟雕戈白日寒，連旗大旆黄塵没。疊鼓遥翻瀚海波，鳴笳亂動天山月。麒麟錦帶佩吴鈎，颯沓青驪躍紫騮。拔劍已斷天驕臂，歸鞍共飲月支頭。漢軍大呼一當百，虜騎相看哭且愁。教戰須令赴湯火，終知上將先伐謀。

【今校】

《唐詩品彙》卷三十「擔辭」作「誓辭」，「漢軍」作「漢兵」。

平戎

時諫官諭北虜未回，天德軍帥請修城備之。

趙　嘏

邊聲一夜殷秋鼙，牙帳連烽擁萬蹄。武帝未能忘塞北，董生纔足使膠西。冰横曉渡胡兵合，雪滿窮沙漢騎迷。自古平戎有良策，將軍不用倚雲梯。

代北州老翁答

張謂

負薪老翁住北州，北望鄉關生客愁。自言老翁有三子，兩人已向黄沙死。如今小兒新長成，明年聞道又徵兵。定知此别必零落，不及相隨同死生。盡將田宅借鄰伍，且復伶俜去鄉土。在生本求多子孫，及有誰知更辛苦。近傳天子尊武臣，强兵直欲静胡塵。安邊自合有長策，何必流離中國人。

【原評】

〔總〕前言良策，後言長策。夫策亦何定之有？臨機而得其勝算者是也。

古意

孫郃

魏禮段干木，秦王乃止戈。小國有其人，大國奈之何。賢哲信爲美，兵甲豈云多。君子戰必勝，斯言聞孟軻。〔一〕

【原評】

〔一〕小國有人，大國且無奈何。中國有人，夷狄其能奈我哉？人之係于國家，重矣。戰勝非孟子之言，我戰則勝，孔子之言也。近若陽明，庶幾戰無不勝矣。或問陽明：「行兵有法乎？」曰：「何法之有，衹惟不動心耳。夫不動心者，非特智勇在我，恃以無虞。要在忠君報國之心篤，而毀譽利害之念忘，乃爲不動。」昔趙充國伐羌，欲罷兵屯田，以待其敝。作奏未上，會得進兵璽書。其子卬使客諫曰：「誠令兵出，破軍殺將以傾國家，將軍守之可也。即利與病，又何足爭？一旦不合上意，遣繡衣來責將軍，將軍之身不能自保，何國家之安？」充國歎曰：「是何言之不忠也！」卒上屯田奏，末曰：「臣竊自惟念，奉詔出塞，引軍遠擊，窮天子之精兵，散車甲於山野，雖亡尺寸之功，媮得避嫌之便，而亡後咎餘責，此人臣不忠之利，非明主社稷之福也。」嗟乎！如充國乃是不二心，不二心正是不動心。此聖賢制勝之本也。陸象山稱充國近道，亦以此耳。

【今校】

《全唐詩》卷六百九十四有二首，此其二。

贈梁州張都督

崔顥

聞君爲漢將，虜騎不南侵。出塞清沙漠，還家拜羽林。風霜臣節苦，歲月主恩深。爲語西河使，知予報國心。

送韋校書赴靈州幕

朱慶餘

共知行處樂，猶惜此時分。職已爲書記，官曾校典墳。寒城初落葉，高樹遠生雲。邊事何須問，深謀祇在君。〔一〕

【原評】

〔一〕今之爲贊晝者何如？

古風

李白

胡關饒風沙，蕭索竟終古。木落秋草黄，登高望戎虜。荒城空大漠，邊邑無遺堵。白骨横千霜，嵯峨蔽榛莽。借問誰凌虐，天驕毒威武。赫怒我聖皇，勞師事鼙鼓。陽和變殺氣，發卒騷中土。三十六萬人，哀哀淚如雨。且悲就行役，安得營農圃。不見征戍兒，豈知關山苦。李牧今不在，邊人飼豺虎。〔一〕

【原評】

〔一〕蕭云：「此篇當爲哥舒翰攻石堡而作，其旨微而顯歟！」

【今校】《唐詩品彙》卷四有同題三十二首，此其十二。

疲兵篇

劉長卿

驕虜乘秋下薊門，陰山日夕煙塵昏。三軍疲馬力已盡，百戰殘兵功未論。陣雲泱漭屯塞北，羽蓋紛紛來不息。孤城望處增斷腸，折劍看時可霑臆。元戎日夕但歌舞，不念關山久辛苦。自矜倚劍氣淩雲，却笑聞笳淚如雨。萬里飄颻空此身，十年征戰老胡塵。赤心報國無片賞，白首還家有幾人。朔風蕭蕭動秋草，旗旌獵獵榆關道。漢月何曾照客心，胡笳只解催人老。軍前仍欲破重圍，閨裏猶應愁未歸。小婦十年啼夜織，行人九月憶寒衣。飲馬滹河晚更清，行吹羌笛遠歸營。只恨漢家多苦戰，徒令遺鏃滿長城。

【今校】「羽蓋」，《唐詩品彙》卷三十二作「羽書」。

關山月

李　白

明月出天山，蒼茫雲海間。長風幾萬里，吹度玉門關。漢下白登道，胡窺青海灣。由來征戰地，不見有人還。〔一〕戍客望邊邑，思歸多苦顔。高樓當此夜，歎息未應閒。〔二〕

【原評】

〔一〕劉云：「偶然『玉門關』一語，繼以『白登』『青海』，跋涉甚長。」

〔二〕吕氏云：「氣雄一世，學者熟味之，自然不淺矣。」

悲陳濤

此詩爲房琯而作也，琯與禄山戰于陳濤斜，敗績。

杜　甫

孟冬十郡良家子，血作陳濤澤中水。野曠天清無戰聲，四萬義軍同日死。羣胡歸來血洗箭，仍唱胡歌飲都市。都人回首向北啼，日夜更望官軍至。

兵車行

師古云：「此詩爲唐玄宗用兵吐蕃而作，託武帝以諷刺也。」

杜　甫

車轔轔，馬蕭蕭，行人弓箭各在腰。爺娘妻子走相送，塵埃不見咸陽橋。牽衣頓足擱道哭，哭聲直上干雲霄。道傍過者問行人，行人但云點行頻。或從十五北防河，便至四十西營田。去時里正與裹頭，歸來頭白還戍邊。邊庭流血成海水，武皇開邊意未已。君不見漢家山東二百州，千村萬落生荆杞。縱有健婦把鋤犁，禾生隴畝無東西。况復秦兵耐苦戰，被驅不異犬與雞。長者雖有問，役夫敢申恨？且如今年冬，未休關西卒。縣官急索租，租税從何出。信知生男惡，反是生女好。生女猶得嫁比鄰，生男埋没隨百草。君不見青海頭，古來白骨無人收。新鬼煩冤舊鬼哭，天陰雨濕聲啾啾。〔一〕

【原評】

〔一〕《蔡寛夫詩話》云：「齊梁以來，文士喜爲樂府，沿襲既久，往往失其命題之意，雖李白亦不免此。唯少陵《兵車行》等篇，皆因事自出己意，立題略無蹈襲前人陳跡，真所謂豪傑也。」

【今校】

評語〔一〕「諷刺」，《唐詩品彙》卷二八作「風刺」。〔二〕「文士」原脱「士」字，據《漁隱叢話》卷一引補。

汴州亂二首 汴州自大曆後多兵，時軍司馬陸長源總留後事。八日而軍亂，殺長源等，以宋州刺史劉逸準使總後務，朝廷從之。二詩卒章各有諷。

韓　愈

汴州城門朝不開，天狗墜地聲如雷。健兒争誘殺留後，連屋累棟燒成灰。諸侯咫尺不能救，孤士何者自興哀。

母從子走者爲誰，大夫夫人留後兒。昨日乘車騎大馬，坐者起趨乘者下。廟堂不肯用干戈，嗚呼奈汝子母何！

赴渭北宿石泉驛南望黄堆

李　益

邊城已在虜塵中，烽火南飛入漢宫。漢庭議事先黄老，麟閣何人定戰功？〔一〕

【原評】

〔一〕所謂黄老，非真黄老耳。黄帝殺蚩尤於涿鹿之野，老子言佳兵者不詳，非廢兵也。子房、曹參皆學老子，爲漢功臣。

胡笳曲〔一〕

月明星稀霜滿野，氈車夜宿陰山下。漢家自失李將軍，單于公然來牧馬。

【原評】

〔一〕此篇見《唐音》，失名氏。

潼關吏

杜　甫

士卒何草草，築城潼關道。大城鐵不如，小城萬丈餘。借問潼關吏，修關還備胡。要我下馬行，爲我指山隅。連雲列戰格，飛鳥不能踰。胡來但自守，豈復憂西都。丈人視要處，窄狹容單車。艱難奮長戟，千古用一夫。哀哉桃林戰，百萬化爲魚。請囑防關將，慎忽學哥舒。〔一〕

【原評】

〔一〕王深父云：此詩蓋刺。非其人，則舉關以棄之；得其人，雖舊險亦足恃。孟子所謂「地利不如人和」也。

新安史

公自注云：「收京後作。雖收兩京，賊猶充斥。」○師古云：「自《新安吏》至《無家别》，蓋紀當時九節度鄴師之敗，朝廷調諸郡兵益急矣。」

杜甫

客行新安道，喧呼聞點兵。借問新安吏，縣小更無丁。府帖昨夜下，次選中男行。中男絶短小，何以守王城。肥男有母送，瘦男獨伶俜。白水暮東流，青山猶哭聲。莫自使眼枯，收汝淚縱横。眼枯却見骨，天地終無情。我軍收相州，日夕望其平。豈意賊難料，歸軍星散營。就糧近故壘，練卒依舊京。掘壕不到水，牧馬役亦輕。况乃王師順，撫養甚分明。送行勿泣血，僕射如父兄。〔一〕

【原評】

〔一〕王深父云：「此篇哀出兵之役。夫古者遣將有推轂分閫之命，今棄師於死地，虐至於無告。如詩之所感，其君臣豈不可刺哉？然子儀猶寬度得衆，故卒美焉。」○范云：「天地無情而僕射如父兄，當時人心可知，朝廷之體可悲矣。」

【今校】

原評「死地」，《唐詩品彙》卷七作「敵也」，「體」作「大體」。

石壕吏

杜　甫

暮投石壕村，有吏夜捉人。老翁踰墻走，老婦出門看。吏呼一何怒，婦啼一何苦。聽婦前致詞，三男鄴城戍。一男附書至，二男新戰死。存者且偷生，死者長已矣。室中更無人，唯有乳下孫。孫有母未去，出入無完裙。老嫗力雖衰，請從吏夜歸。急應河陽役，猶得備晨炊。夜久語聲絶，如聞泣幽咽。天明登前途，獨與老翁别。〔一〕

【原評】

〔一〕王深父云：「驅民之丁壯，盡置死地，而猶急其老弱。雖秦爲閭左之戍，不甚也。嗚呼，其時急矣哉！」

新婚别

杜　甫

兔絲附蓬麻，引蔓故不長。嫁女與征夫，不如棄路傍。結髮爲妻子，席不暖君牀。暮婚晨告别，無乃太匆忙。君行雖不遠，守邊赴河陽。妾身未分明，何以拜姑嫜。父母養我時，日夜令我藏。生女有所歸，鷄狗亦得將。君今往死地，沉痛迫中腸。誓欲隨君去，形勢反蒼黄。勿爲新婚念，努力事戎行。婦人在軍中，兵氣恐不揚。〔一〕自嗟貧家女，久致羅襦裳。羅襦不復施，對君洗紅妝。仰視百鳥飛，大小必雙翔。人事多錯迕，與君永相望。〔二〕

【原評】

〔一〕范云：「顛沛流離之際，猶有若是婦人。爲人臣而不知《春秋》之義者，何心哉！」

〔二〕劉云：「曲折詳至，縷縷凡七轉，微顯條達。」〇王深父云：「先王之政，有新婚者，期不役。政出於刑名，則一切便事而已。此詩所怨，盡其常分，而能不忘義理，余是以録之。」

垂老别

杜　甫

四郊未寧静，垂老不得安。子孫陣亡盡，焉用身獨完。投杖出門去，同行爲辛酸。幸有牙齒存，所悲骨髓乾。男兒既介冑，長揖别上官。老妻卧路啼，歲暮衣裳單。孰知是死别，且復傷其寒。此去必不歸，還聞勸加餐。土門壁甚堅，杏園度亦難。勢異鄴城下，縱死時猶寬。人生有離合，豈擇衰盛端。憶昔少壯日，遲迴竟長

歎。萬國盡征戍，烽火被岡巒。積屍草木腥，流血川原丹。何鄉爲樂土，安敢尚盤桓。棄絶蓬室居，塌然摧肺肝。〔一〕

【原評】

〔一〕王深父云：「軍興之際，至於老者，亦介胄，則有甚於閭左之戍矣。」

【今校】

「孰知」，《唐詩品彙》卷七作「熟知」。

無家别

杜　甫

寂寞天寶後，園廬但蒿藜。我里百餘家，世路各東西。存者無消息，死者爲塵泥。賤子因陳敗，歸來尋舊蹊。久行見空巷，日瘦氣慘悽。〔一〕但對狐與狸，豎毛怒我啼。四鄰何所有？一二老寡妻。宿鳥戀本枝，安辭且窮棲。方春獨荷鋤，日暮還灌畦。縣吏知我至，召令習鼓鼙。雖從本州役，内顧無所攜。近行止一身，遠去終轉迷。家鄉既盪盡，遠近理亦齊。〔二〕永痛長病母，五年委溝溪。生我不得力，終身兩酸嘶。人生無家别，何以爲烝黎。〔三〕

【原評】

〔一〕劉云：「經歷多矣，無如此語之在目前者。」

〔二〕劉云：「寫至此，亦無復餘恨，此其所以泣鬼神者。」

〔三〕王深父云：「先王子惠困窮。苟推其所不忍，達之於其所忍，則天下無敗亂之兆矣。噫！此詩何爲而作乎？」

【今校】

《唐詩品彙》卷七「世路」作「世亂」，「烝黎」作「蒸黎」。

述懷

杜　甫

去年潼關破，妻子隔絶久。今夏草木長，脱身得西走。麻鞋見天子，衣袖露兩肘。朝廷愍生還，親故傷老醜。涕淚受拾遺，流離主恩厚。柴門雖得去，未忍即開口。寄書問三川，不知家在否。比聞同罹禍，殺戮到雞狗。山中漏茆屋，誰復依户牖。摧頽蒼松根，地冷骨未朽。幾人全性命，盡室豈相偶。嶔岑猛虎場，鬱結回我首。自寄一封書，今已十月後。反畏消息來，寸心亦何有。〔一〕漢運初中興，生平老耽酒。沉思歡會處，恐作窮獨叟。

【原評】

〔一〕陳後山云：「不敢問何如。」○劉云：「極一時憂傷之傷，賴自能賦，而毫髮不失。」

【今校】

評語「憂傷之傷」，《唐詩品彙》卷八作「憂傷之懷」。

古塞下曲　陶翰

進軍飛狐北，窮寇勢將變。日落塵沙昏，背河更一戰。騂馬黄金勒，彫弓白羽箭。射殺左賢王，歸奏未央殿。欲言塞下事，天子不召見。東出咸陽門，哀哀淚如霰。〔一〕

【原評】

〔一〕秦章邯與項羽軍相持，邯使長史欣請事。二世深拱禁中，趙高爲相，留司馬門三日，不見。欣恐，走還，報曰：「趙高用事於中，下無可爲者。」邯遂降羽，秦隨亡。嗟乎！此千古之炯鑒也，可復蹈耶？

後出塞　杜甫

男兒生世間，及壯當封侯。戰伐有功業，安能守舊丘。召募赴薊門，軍動不可留。千金買馬鞍，百金裝刀頭。閭里送我行，親戚擁道周。斑白居上列，酒酣進庶羞。少年別有贈，含笑看吴鉤。

二

朝進東門營，暮上河陽橋。落日照大旗，馬鳴風蕭蕭。〔一〕平沙列萬幕，部伍各見招。中天懸明月，令嚴夜寂寥。悲笳數聲動，壯士慘不驕。借問大將誰，恐是霍嫖姚。〔二〕

【原評】

〔一〕劉云：「復欲一語似之，殆千古不可得。」

〔二〕劉云：「此詩之妙，可以招魂復起。」

【今校】

《唐詩品彙》卷七選杜甫《後出塞五首》，此其前二首。前首「召募赴軍門」，「赴」誤作「負」，據《唐詩品彙》改。評語「似之」作「似此」。

和李秀才邊庭四時怨（一）

盧弼

春

春衣昨夜到榆關，故國煙花想已殘。小婦不知歸未得，朝朝應上望夫山。

夏

盧龍塞外草初肥，雁乳平蕪曉不飛。鄉國近來音信斷，至今猶自著寒衣。

秋

八月霜飛柳遍黃，蓬根吹斷雁南翔。隴頭流水關山月，泣上龍堆望故鄉。

冬

朔風吹雪透刀瘢，飲馬長城窟更寒。半夜火來知有敵，一時齊保賀蘭山。

【原評】

〔一〕四首一字一淚。

【今校】

「雁乳」，《唐詩品彙》卷五十五作「燕乳」。

逢病軍人

盧仝

行多有病住無糧，萬里還鄉未到鄉。蓬鬢哀吟古城下，不堪秋氣入金瘡。

隴西行二首

陳陶

誓掃匈奴不顧身，五千貂錦喪胡塵。可憐無定河邊骨，猶是春閨夢裏人。

隴樹三看塞草青，樓煩新替護羌兵。同來死者傷離別，一夜孤魂哭舊營。

己亥歲

曹松

澤國江山入戰圖，生民何計樂樵蘇。憑君莫話封侯事，一將功成萬骨枯。〔一〕

【原評】

〔一〕謝云：「仁人君子，聞此詩者，必不以干戈立功名矣。」○功成骨枯，猶可言也。骨枯功又無，可勝痛哉？

塞上行

歐陽詹

聞説胡兵欲利秋，昨來投筆到營州。驍雄已許將軍用，邊塞無勞天子憂。

送劉司直赴安西

王　維

絶域陽關道，胡煙與塞塵。三春時有雁，萬里少行人。苜蓿隨天馬，蒲桃逐漢臣。當令外國懼，不敢覓和親。〔一〕

【原評】

〔一〕劉云：「無意之意。」

【今校】

《唐詩品彙》卷六十一「胡煙」作「胡沙」，「蒲桃」作「葡萄」。

類選唐詩助道微機卷之四

飲酒

予喜飲酒，更喜歌飲酒之詩。酒飲須美而卒不可致，則不飲時有之；若詩則無一日而罷于歌也。陶集，味其全，諸家采而録之，得百數十首，隨目所及，隨心所賞，雖掛漏不計。于此百數十首中，日拈三五首，當酒而歌，則酒有異味；深杯若勸，而百盞忘多。即或空樽相對，亦自意暢情酣，醺醺之致，有充于腹而浮于面者。甚至境緣拂逆，識慮紛飛，消融依詠之間，亦如醉後之景。若此者，以爲得之詩，則他詩不然；以爲得之酒，則酒非真實。酒本稱聖，口飲之能立臻化境；而詩中酒又稱神，心飲之有不可知之妙乃爾也。或謂他人詩非自己胸中流出，彼得酒之趣者，豈皆所自造乎哉？嗟乎！此詩此酒，有不待酮，無不待酤。相酬爲不請之友，療疾爲肘後之奇。是予所獨快，而不知有同予臭味者否？有同臭味，則必善予歌。予梓之以當於反之，而俟人之和之也。

酌酒

李　白

春草如有意，羅生玉堂陰。東風吹愁來，白髮坐相侵。獨酌勸孤影，閒歌面方林。長松爾何知，蕭瑟爲誰吟。手舞石上月，膝横花間琴。過此一壺外，悠悠非我心。〔一〕

【原評】

〔一〕末二句識到見定。

春日醉起言志

李　白

處世若大夢，胡爲勞其生。所以終日醉，頹然卧前楹。覺來盼庭前，一鳥花間鳴。借問此何時，春風語流鶯。感之欲歎息，對酒還自傾。浩歌待明月，曲盡已忘情。〔一〕

【原評】

〔一〕劉云：「瀟灑酣暢，欲勝淵明者，以其尤易也。詩皆如此，何以沉著爲哉？」○范云：

「諸五言皆有晉、宋間風，而此更超然。」○起來「胡爲」「所以」四字上著眼。

【今校】

評語「瀟灑」，《唐詩品彙》卷六作「流麗」。

月下獨酌 四首

李　白

花間一壺酒，獨酌無相親。舉杯邀明月，對影成三人。〔一〕月既不解飲，影徒隨我身。暫伴月將影，行樂須及春。我歌月徘徊，我舞影淩亂。醒時同交歡，醉後各分散。永結無情遊，相期邈雲漢。〔二〕

【原評】

〔一〕劉云：「古無此奇。」

〔二〕劉云：「凡情俗態終以此，安得不爲改觀？」

二

天若不愛酒，酒星不在天。地若不愛酒，地應無酒泉。天地既愛酒，愛酒不愧

天。已聞清比聖，復道濁如賢。聖賢既已飲，何必求神仙。三杯通大道，一斗合自然。但得酒中趣，勿爲醒者傳。〔一〕

【原評】

〔一〕劉云：「纏綿散朗，漸入真趣，言語悟入如此。」

【今校】

「悟入」，原作「悟人」，據《唐詩品彙》卷六改。

三

三月咸陽城，千花晝如錦。誰能春獨愁，對此徑須飲。窮通與修短，造化夙所稟。一樽齊死生，萬事固難審。醉後失天地，兀然就孤枕。不知有吾身，此樂最爲甚。

四

窮愁千萬端，美酒三百杯。愁多酒雖少，酒傾愁不來。所以知酒聖，酒酣心自開。辭粟卧首陽，屢空饑顔回。當代不樂飲，虚名安用哉！蟹螯即金液，糟丘是蓬萊。

【今校】

其四末,《唐詩品彙》卷六尚有「且須飲美酒,乘月醉高臺」二句。

效陶彭澤

韋應物

霜落悴百草,時菊獨妍華。物性有如此,寒暑其奈何。〔一〕掇英泛濁醪,日入會田家。盡醉茅簷下,一生豈在多。〔二〕

【原評】

〔一〕兩語似達似怨,甚好。

〔二〕蘇州詩去陶自近,至效陶,則復取王夷甫語用之,故知晉人無不有風致可愛也。

與友生野飲效陶體

韋應物

携酒花林下,前有千載墳。於時不共酌,奈此泉下人。始自玩芳物,行當念徂春。聊舒遠世蹤,坐望還山雲。且遂一歡笑,焉知賤與貧。〔一〕

【原評】

〔一〕含章體素，默合自然。

贈喬林

張謂

去年上策不見收，今年寄食仍淹留。羡君有酒能便醉，羡君無錢能不憂。如今五侯不待客，羡君不入五侯宅。如今七貴方自尊，羡君不過七貴門。丈夫會應有知己，世上悠悠安足論。〔一〕

【原評】

〔一〕無錢不憂，非有得不能；惟無錢不憂，方能有酒便醉；惟有酒便醉，方能侯貴不干。末二句眼空一世，是以不見收不慍也。

偶然作

孟浩然

陶潛任天真，其性頗耽酒。自從棄官來，家貧不能有。九月九日時，菊花空滿手。中心竊自思，倘有人送否。白衣攜壺觴，果來遺老叟。且喜得斟酌，安問升與斗！奮衣野田中，今日嗟無負。兀傲迷東西，簑笠不能守。傾倒强行行，酣歌歸五柳。生事不曾問，肯愧家中婦。

【今校】

此當爲王維詩。見《王右丞集》卷五、《全唐詩》卷一百二十五。

覺衰

柳宗元

久知老會至，不謂便見侵。今年宜未衰，稍已來相尋。〔一〕齒疏髮就種，奔走力不任。咄此可奈何，未必傷我心。彭聃安在哉，周孔亦已沈。古稱壽聖人，曾不留至今。但願得美酒，朋友常共斟。〔二〕是時春向暮，桃李生繁陰。日照天正緑，杳杳歸鴻吟。出門呼所親，扶杖登西林。高歌足自快，商頌有遺音。〔三〕

【原評】

〔一〕劉云：「跌怨動人。」

〔二〕劉云：「其最近陶，然意尤佳。」

〔三〕劉云：「怨之又怨，而疑於達。莊子曰：『曳蹝而歌《商頌》，聲滿天地，若出金石。』」

【今校】

「天正緑」，《唐詩品彙》卷十五作「天正碧」。

勸酒

孟郊

白日無定影，清江無定波。人無百年壽，百年復如何。堂上陳美酒，堂下列清歌。勸君金屈卮，勿謂朱顏酡。松柏歲歲茂，丘陵日日多。君看終南山，千古青峨峨。〔一〕

【原評】

〔一〕劉云：「起得似若曲折，又極豪暢，善道人意。」

湖中對酒作

張謂

夜坐不厭湖上月，晝行不厭湖上山。眼前一尊又長滿，心中萬事如等閒。主人有黍萬餘石，濁醪數斗應不惜。即今相對不盡歡，別後相思復何益。茱萸灣頭去路賒，願君且宿黄公家。風光若此人不醉，參差辜負東園花。〔一〕

【原評】

〔一〕首二句劉云：「便覺楚楚。」月也，山也，酒也，人共有之，不能享者，事爲之累耳。故萬事如等閒，方能不厭，方能長滿。然此皆各人心中事，宜自病自醫。「主人」以下，婉委提撕，總欲人不辜負耳。

【今校】

《唐詩品彙》卷三十一，「一尊」作「一樽」，「去路」作「歸路」。評語在第二句下，無「首二句」三字及「月也」以下文字。

韋員外家花樹歌

岑參

今年花似去年好，去年人到今年老。始知人老不如花，可惜落花君莫掃。君家兄弟不可當，列卿御史尚書郎。朝回花底恒會客，花撲玉缸春酒香。〔一〕

【原評】

〔一〕結語蕩起一篇之意。

酌酒與裴迪

王維

酌酒與君君自寬，人情反覆似波瀾。白首相知猶按劍，朱門先達笑彈冠。草色全經細雨濕，花枝欲動春風寒。世事浮雲何足問，不如高卧且加餐。〔一〕

【原評】

〔一〕中四句正見反覆。

宴城東莊

崔敏童

一年始有一年春，百歲曾無百歲人。能向花前幾回醉，十千沽酒莫辭貧。一作「頻」。

【今校】

《唐詩品彙·拾遺》卷四，詩人名作「崔敏重」，「始有」作「又過」。

和前

崔惠童

一月主人笑幾回，相逢相值且銜杯。眼看春色如流水，今日殘花昨日開。

【今校】

《唐詩品彙·拾遺》卷四，詩人名無「童」字，詩題作「奉和宴城東莊」。

【原評】

〔總〕前言一年百年事，此言一月一日事，意更緊切。

扈亭西陂宴賞

韋應物

杲杲朝陽時，悠悠清陂望。嘉樹始氤氲，春遊方浩蕩。況逢文翰侶，愛此孤舟漾。緑野際遥波，横雲分疊嶂。公堂日爲倦，幽襟自兹曠。有酒今滿盈，願君盡弘量。〔一〕

【原評】

〔一〕淺語流動稱情。

夏日李公見訪

杜甫

遠林暑氣薄，公子過我遊。貧居類村塢，僻近城南樓。傍舍頗淳朴，所願亦易求。隔屋喚西家，借問有酒不。牆頭過濁醪，展席俯長流。清風左右至，客意已驚秋。巢多衆鳥鬥，葉密鳴蟬稠。苦遭此物聒，孰謂吾廬幽。水花晚色靜，庶足充淹留。預恐罇中盡，更起爲君謀。〔一〕

【原評】

〔一〕清貧之致，直率之風，幽深之趣，鄰里之睦，主客之歡，只從直敘中自見。

【今校】

「罇」，《唐詩品彙》卷八作「尊」。

漫興

杜甫

二月已破三月來，漸老逢春能幾回。莫思身外無窮事，且盡生前有限杯。

【今校】

原九首，此其四。

遣興

韓愈

斷送一生惟有酒，尋思百計不如閒。莫憂世事兼身事，須看人間比夢間。〔一〕

【原評】

〔一〕如夢亦如電，應作如是觀。

過南鄰花園

雍國鈞

莫怪頻過有酒家，多情長是惜年華。春風堪賞還堪恨，纔見開花又落花。〔一〕

【原評】

〔一〕賞非酒莫宣，恨非酒莫遣，花非風不開，花非風不落。賞即此風，衆妙之門；恨即此風，衆禍之門。

贈獨孤常州

畢耀

洪壚無久停，日月速如飛。忽然銜人身，飲酒不須疑。〔一〕

【原評】

〔一〕「不須疑」三字，最醒最切。

寄畢燿　　獨孤及

別後前盟在，寸景莫自擲。心與白日鬥，十無一滿百。寓形薪火内，甘作天地客。與物無疏親，斗酒勝竹帛。〔一〕

【原評】

〔一〕張翰云：與我身後名，不若生前一杯酒。

【今校】

詩題，《全唐詩》卷二百四十六作「客舍月下對酒醉後寄畢四燿」。此處截取其八句。原詩作：「鄉路風雪深，生事憂患迫。天長波瀾廣，高舉無六翮。獨立寒夜移，幽境思彌積。霜月照膽凈，銀河入簷白。沽酒聊自勞，開樽坐簷隙。主人奏絲桐，能使高興劇。清機暫無累，獻酢更絡繹。慷慨葛天歌，愔愔廣陵陌。既醉萬事遺，耳熱心亦適。視身兀如泥，瞪目傲今昔。故人間城闕，音信兩脉脉。別時前盟在，寸景莫自擲。心與白日鬥，十無一滿百。寓形薪火内，甘作天地客。與物無疏親，斗酒勝竹帛。何必用自苦，將貽古賢責。」

放言

元稹

近來逢酒便高歌，醉舞詩狂漸欲魔。五斗解酲猶恨少，十分飛盞未嫌多。眼前讐敵都休問，身外功名一任他。死是等閒生也得，擬將何事奈吾何。

【今校】

原有五首，此其一。

蘇端薛復筵簡薛華醉歌

杜甫

文章有神交有道，端復得之名譽早。〔一〕愛客滿堂盡豪傑，開筵上日思芳草。安得健步移遠梅，亂插繁花向晴昊。千里猶殘舊冰雪，百壺且試開懷抱。垂老惡聞戰鼓悲，急觴爲緩憂心擣。少年努力縱談笑，看我形容已枯槁。座中薛華善醉歌，歌辭自作風格老。近來海内爲長句，汝與山中李白好。〔二〕何劉沈謝力未工，才兼鮑照愁絶倒。諸生頗盡新知樂，萬事終傷不自保。〔三〕氣酣日落西風來，願吹野水添金杯。如澠之酒常快意，亦知窮愁安在哉！忽憶雨時秋井塌，古人白骨生青苔，如何不飲令

心哀。〔四〕

【原評】

〔一〕劉云：「第能此起，不患辭窮。」

〔二〕劉云：「此老歌行之妙，有不自知其所至者。」

〔三〕劉云：「可哀。」

〔四〕劉云：「豪俠。」

蜀葵花歌

岑　參

昨日一花開，今日一花開。今日花正好，昨日花已老。人生不得恒少年，莫惜牀頭沽酒錢。請君有錢向酒家，君不見蜀葵花！

邯鄲客舍歌

岑　參

客從長安來，驅馬邯鄲道。傷心叢臺下，一旦生蔓草。客舍門臨漳水邊，垂楊下繫釣魚船。邯鄲女兒夜沽酒，對客挑燈誇數錢。酩酊醉時日正午，一曲狂歌壚上眠。

致酒行

李賀

零落栖遲一杯酒，主人奉觴客長壽。主父西遊困不歸，家人折斷門前柳。吾聞馬周昔作新豐客，天荒地老無人識。空將箋上兩行書，直犯龍顏請恩澤。我有迷魂招不得，〔一〕雄鷄一聲天下白。少年心事當拏雲，誰念幽寒坐嗚呃。〔二〕

【原評】

〔一〕劉云：「又入夢境。」

〔二〕劉云：「起得浩蕩感激，言外不可知，真不得不還之酒者。末轉慷慨，令人起舞。」

答張五弟

王維

終南有茅屋，前對終南山。終年無客長閉關，終日無心長自閒。不妨飲酒復垂釣，君但能來相往還。〔一〕

【原評】

〔一〕四「終」字，弄出奇趣，然亦非安排可得。

曲江

杜　甫

一片花飛減却春，風飄萬點正愁人。且看欲盡花經眼，莫厭傷多酒入脣。江上小堂巢翡翠，苑邊高塚卧麒麟。細推物理須行樂，何用浮名絆此身。〔一〕

【原評】

〔一〕劉云：「第三四句小縱繩墨，最是傾倒。律詩不甚縛律者。第五六句做策之至，可以動悟，不特麗句而已。」方虚谷云：「起二句絶妙，一片花飛且不可，而況於萬點乎？」

【今校】

《唐詩品彙》卷八十四「儆策」作「警策」。「方虚谷」云末，有「五六離亂」四字。

金陵酒肆留別

李　白

風吹柳花滿店香，吴姬壓酒勸客嘗。金陵子弟來相送，欲行不行各盡觴。請君試問東流水，别意與之誰短長。〔一〕

【原評】

〔一〕黃山谷云：「至此乃真太白妙處，當潛心焉。」劉須溪云：「終是太白語別。」

北山獨酌寄韋六

李白

巢父將許由，未聞買山隱。道存跡自高，何憚去人近。紛吾下茲嶺，地閒喧亦泯。門横羣岫開，水鑿衆泉引。屏高而在雲，竇深莫能準。川光晝昏凝，林氣夕悽緊。於焉摘朱果，兼得養玄牝。坐月觀寶書，拂霜弄瑶軫。傾壺事幽酌，顧影還獨盡。念君風塵遊，傲爾令自哂。

晚春

孟浩然

三月湖水清，家家春鳥鳴。〔一〕林花掃更落，徑草踏還生。酒伴來相命，開樽共解酲。當杯已入手，歌妓莫停聲。〔二〕

【原評】

〔一〕劉云：「又別。」

〔二〕劉云：「亦自豪富，結語情屬不淺。」

【今校】

「三月」，《唐詩品彙》卷六十、《孟浩然集》作「二月」。

過故人莊

孟浩然

故人具鷄黍，邀我至田家。緑樹村邊合，青山郭外斜。開軒面場圃，把酒話桑麻。待到重陽日，還來就菊花。

裴司士見尋

孟浩然

府僚能征駕，家醖復新開。落日池上酌，清風松下來。厨人具鷄黍，稚子摘楊梅。誰道山翁醉，猶能騎馬回。〔一〕

【原評】

〔一〕劉云：「大巧若拙。」

【今校】

「征駕」，《唐詩品彙》卷六十作「枉駕」。

輞川閒居贈裴秀才迪

王維

寒山轉蒼翠，秋水日潺湲。倚杖柴門外，臨風聽暮蟬。渡頭餘落日，墟里上孤煙。復值接輿醉，狂歌五柳前。〔一〕

【原評】

〔一〕劉云：「類以無情之景，述無情之意，復非作者所依。」

醉後贈張九旭

高適

世上謾相識，此翁殊不然。興來書自聖，醉後語尤顛。白髮老閒事，青雲在目前。牀頭一壺酒，能更幾回眠。

【今校】

詩題，據《孟浩然集》，「旭」字當爲小字注。

春日懷李白　杜甫

白也詩無敵，飄然思不羣。清新庾開府，俊逸鮑參軍。渭北春天樹，江東日暮雲。何時一樽酒，重與細論文。

夜宴左氏莊　杜甫

風林纖月落〔一〕，衣露浄琴張。暗水流花徑，春星帶草堂。〔二〕檢書燒燭短，看劍引杯長。詩罷聞吾詠，扁舟意不忘。〔三〕

【原評】

〔一〕劉云：「是起興。」

〔二〕劉云：「景語，閒曠。」

〔三〕劉云：「豪縱自然，結語蕭散。」

【今校】

「吾詠」，《唐詩品彙》卷六十二作「吴詠」。

春夜皇甫冉宅對酒

張繼

流落時相見，悲歡共此情。興因樽酒洽，愁爲故人輕。亂影花侵席，斜暉月過城。那知横吹笛，江外作邊聲。

與友人對酒吟

杜荀鶴

憑君滿酌酒，聽我醉中吟。客路如天遠，侯門似海深。新墳侵古道，白髮戀黄金。共有人間事，須懷濟物心。

吴江旅次

張喬

行人愁落日，去鳥倦遥林。曠野鳴流水，空山響暮砧。旅途歸計晚，鄉樹别年深。寂寞逢村酒，漁家一醉吟。

把酒　韓愈

擾擾馳名者，誰能一日閒。我來無伴侶，把酒對南山。

閒居　高適

柳色驚心事，春風厭索居。方知一杯酒，猶勝百家書。

涼州詞　王翰

蒲桃美酒夜光杯，欲飲琵琶馬上催。醉卧沙場君莫笑，古來征戰幾人回。

客中行　李白

蘭陵美酒鬱金香，玉碗盛來琥珀光。但使主人能醉客，不知何處是他鄉。

送元二使安西

王維

渭城朝雨裛輕塵，客舍青青柳色新。勸君更盡一杯酒，西出陽關無故人。〔一〕

【原評】

〔一〕謝疊山云：「唐人餞別，必歌陽關三疊。此詩後二句謂，勸君更盡此酒，出陽關之外，必求今日故人飲酒之樂，不可得矣。」○劉須溪云：「更萬首絶句，亦無復近，古今第一矣。」

送李侍郎赴常州

賈至

雪晴雲散北風寒，楚水吴山道路難。今日送君須盡醉，明朝相憶路漫漫。〔一〕

【原評】

〔一〕謝疊山云：「今日送君而不盡醉，明朝兩地相望，欲如今日之歡，不可得也。」

漫興

杜甫

懶漫無堪不出村，呼兒自在掩柴門。蒼苔濁酒林中静，碧水春風野外昏。〔一〕

【原評】

〔一〕劉云：「善自遣如此。」

江上別李秀才　韋莊

前年相送灞陵春，今日天涯各避秦。莫向尊前惜沉醉，與君俱是異鄉人。〔一〕

【原評】

〔一〕謝云：「客中送客，最易傷懷，唐人如『今日勸客須盡醉』，『勸君更盡一杯酒』，皆不若此之妙。」

【今校】

《唐詩品彙》卷五十四選二首，此其一。

題東溪公幽居　李白

杜陵賢人清且廉，東溪卜築歲將淹。宅近青山同謝朓，門垂碧柳似陶潛。好鳥迎春歌後院，飛花送酒舞前簷。客到但知留一醉，盤中秪有水精鹽。〔一〕

【原評】

〔一〕劉須溪云：「律穩，麗意濃。」

九日藍田崔氏莊

杜甫

老去悲秋强自寬，興來今日盡君歡。羞將短髮還吹帽，笑倩傍人爲整冠。藍水遠從千澗落，玉山高並兩峯寒。〔一〕明年此會知誰健，醉把茱萸仔細看。〔二〕

【原評】

〔一〕《楊誠齋詩話》云：「詩人至此筆力多衰，今方且雄傑挺拔，唤起一篇精神，非筆力不至於此。」

〔二〕《陳後山詩話》云：「『孟嘉落帽，前世以爲勝絶。子美《九日》詩云：『羞將短髮遂吹帽，笑倩傍人爲正冠。』其文雅曠達，不減昔人。故謂詩非力學可致，正須胸中度世耳。」

勸我酒

白居易

勸我酒，我不辭。請君歌，歌莫遲。歌聲長，辭亦切。此辭聽者堪愁絶，洛陽女兒面似花，河南太守頭如雪。

【今校】「太守」，《唐詩品彙》卷三十六作「太尹」。

秋懷詩

韓　愈

窗前兩好樹，衆葉光薿薿。秋風一披拂，策策鳴不已。微燈照空牀，夜半偏入耳。愁憂無端來，感歎成坐起。天明視顏色，與故不相似。羲和馭白日，疾急不可恃。浮生雖多途，趨死唯一軌。胡爲浪自苦，得酒且歡喜。

【今校】《秋懷詩》十一首，此其一。

故園置酒

劉庭芝

酒熟人須飲，春還鬢已秋。願逢千日醉，得緩百年憂。舊里多青草，新知盡白

頭。風前燈易滅，川上月難留。卒卒周姬旦，棲棲魯孔丘。平生能幾日，不及且遨遊。〔一〕

【原評】

〔一〕喝佛罵祖。

扶風豪士歌〔一〕

李　白

洛陽三月飛胡沙，洛陽城中人怨嗟。天津流水波赤血，白骨相撐如亂麻。我亦東奔向吳國，浮雲四塞道路賒。東方日出啼早鴉，城門人開掃落花。〔二〕梧桐楊柳拂金井，來醉扶風豪士家。扶風豪士天下奇，意氣相傾山可移。作人不倚將軍勢，飲酒豈顧尚書期。雕盤綺食會衆客，吳歌趙舞香風吹。原嘗春陵六國時，開心寫意君所知。堂中各有三千士，明日報恩知是誰。〔三〕撫長劍，一揚眉，清水白石何離離。脱吾帽，向君笑，飲君酒，爲君吟。張良爲逐赤松去，橋邊黃石知我心。

【原評】

〔一〕蕭云：「此篇太白避亂東土時作。言道路艱阻，京國亂離而東土之太平自若也。扶風乃三輔郡。意豪士亦必同時避亂於東吳，而與太白銜杯酒，接殷勤之歡者。」

〔二〕劉云：「偶然一覽，入句自佳。」

〔三〕劉云：「雖淺淺汎甚，然而亦險激也。」

【今校】

評語〔三〕「汎甚」，《唐詩品彙》卷二十六作「切甚」。

飲中八仙歌

杜甫

知章騎馬似乘船，眼花落井水底眠。汝陽三斗始朝天，道逢麴車口流涎，恨不移封向酒泉。左相日興費萬錢，飲如長鯨吸百川，銜杯樂聖稱避賢。或作「世賢」。宗之瀟灑美少年，舉觴白眼望青天，皎如玉樹臨風前。蘇晉長齋繡佛前，醉中往往愛逃禪。李白一斗詩百篇，長安市上酒家眠。天子呼來不上船，自稱臣是酒中僊。張旭三杯草聖傳，脱帽露頂王公前，揮毫落紙如雲煙。焦遂五斗方卓然，高談雄辯驚四筵。〔一〕

【原評】

〔一〕蔡絛《西清詩話》云：「此歌重疊用韵，古無其體，嘗質之叔父元度，云：『此歌分八篇，人人各異。雖重押韵，無害。亦《三百篇》分章之意也。』」○劉云：「不倫不理，各極其平生，極其醉趣。古無此體，無此妙。謂爲八仙，甚稱。」

【今校】

評語「各異」，《唐詩品彙》卷二十八作「各畢」。

静趣

朝市動也，林園静也。未有常静而不動，亦未有常動而不静者。常動而不静者，貪鄙之庸流也；常静而不動者，枯槁之偏局也。其失均也。然人情喜動者多而耐静者寡，則静恒難于動。静爲動根，動爲静用。静時預作動想，則思出而撓其根；動時不忘静心，則神閒而妙于用。故動每攝于静，是動静若相對而實有獨重也。予向來處静良久，而近且馳逐風塵，日在動中。然於初心時戚戚焉，故取古詩吟詠不置。雖然，吟在口頭，何如身履反之，良自媿矣！

歸山

顧 況

心事數莖白髮，生涯一片青山。空林有雪相待，古道無人獨還。

宿岐州北郭嚴給事別業

雍　陶

郭外山色暝，主人林館秋。疏鐘入户内，片月到牀頭。遥夜惜已半，清言殊未休。君雖在青瑣，心不忘滄洲。

【今校】

此當爲岑參詩。「户内」，《唐詩品彙》卷六十一作「卧内」。

幽居

韋應物

貴賤雖異等，出門皆有營。獨無外物牽，遂此幽居情。微雨夜來過，不知春草生。青山忽已曙，鳥雀繞舍鳴。時與道人偶，或隨樵者行。自當安蹇劣，誰謂薄世榮。〔一〕

【原評】

〔一〕古調本色，「微雨」一聯，似亦以癡得之也。

【今校】

《唐詩品彙》卷十四「雖異等」作「皆異等」，「皆有營」作「雖有營」。

獨坐敬亭山

李　白

衆鳥高飛盡，孤雲獨去閒。相看兩不厭，只有敬亭山。

夏日山中

李　白

懶摇白羽扇，躶體青林中。脱巾掛石壁，露頂灑松風。〔一〕

【原評】

〔一〕劉云：「後人以此語入畫，真復可愛，妙是結句。」

别輞川别業

王　縉

山月曉仍在，林風涼不絶。殷勤如有情，惆悵令人别。〔一〕

【原評】

〔一〕劉云：「清洒頓挫，略不動容。」

寄全椒山中道士〔一〕

韋應物

今朝郡齋冷，忽念山中客。澗底束荆薪，歸來煮白石。欲持一樽酒，遠慰風雨夕。落葉滿空山，何處尋行跡。〔二〕

【原評】

〔一〕《容齋隨筆》云：「此篇高妙超詣，固不容誇説，而結句非語言思索可得。東坡依韻，遠不及。」

〔二〕其詩自多此景意，及得意如此，亦少。

秋夜寄丘二十二員外

韋應物

懷君屬秋夜，散步詠涼天。山空松子落，幽人應未眠。

【今校】

詩題「二十二」上,《唐詩品彙》卷四十一有「丘」字。

緱山西峯草堂作

岑參

結廬對中嶽,青翠常在門。遂耽水木興,盡作漁樵言。頃來闕章句,但欲閑心魂。日色隱空谷,蟬聲喧暮村。曩聞道士語,偶見清浄源。隱几閲吹葉,乘秋眺歸根。獨遊念求仲,開徑招王孫。片雨下南澗,孤峰出東原。棲遲慮益淡,脱略道彌敦。野藹晴拂枕,客帆遥入軒。尚平今何在,此意誰與論。佇立雲去盡,蒼蒼月開園。

晚春嚴少尹與諸公見過

王維

松菊荒三徑,圖書共五車。烹葵邀上客,看竹到貧家。雀乳先春草,鶯啼過落花。自憐黄髮暮,一倍惜年華。

村居晏起

于濆

村舍少聞事，日高猶閉關。起來花滿地，戴勝鳴桑間。居安即永業，何者爲故山。朱門與蓬户，六十頭盡斑。

酬張少府

王維

晚年惟好静，萬事不關心。自顧無長策，空知返舊林。松風吹解帶，山月照彈琴。君問窮通理，漁歌入浦深。

題李凝幽居

賈島

閒居少鄰並，草逕入荒園。鳥宿池中樹，僧敲月下門。過橋分野色，移石動雲根。暫去還來此，幽期不負言。〔一〕

【原評】

〔一〕劉云：「『敲』意妙絶，『下』意更好，結又老成。」

送友人歸山歌《離騷》作「山中人」。

王維

山寂寂兮無人，又蒼蒼兮多木。羣龍兮滿朝，君何爲兮空谷。文寡和兮思深，道難知兮行獸。悦石上兮流泉，與松間兮草屋。入雲中兮養雞，上山頭兮抱犢。神與棗兮如瓜，虎賣杏兮收穀。愧不才兮妨賢，嫌既老兮貪禄。誓解印兮相從，何詹尹兮可卜。〔一〕

【原評】

〔一〕劉云：「不用楚調，自適目前，詞少而意多，尚覺《盤谷歌》意爲凡。」

宿東溪李十五山亭

王季友

上山下山入山谷，溪中落日留我宿。松石依依當主人，主人不在意亦足。名花出地兩重階，絶頂平天一小齋。本意由來是山水，何用相逢語舊懷。

宿洄溪翁宅　元結

長松萬株繞茆舍，怪石寒泉近簷下。老翁八十猶能行，將領兒孫行蒔稼。羨吾老翁居處幽，吾愛老翁無所求。時俗是非何足道，得似老翁吾即休。

【今校】

「羨吾」，《唐詩品彙》卷三十一作「吾羨」。

賦得還山吟送沈四山人　高適

還山吟，天高日暮寒山深，送君還山識君心。人生老大須恣意，看君解作一生事。山間偃仰無不至，石泉淙淙若風雨，桂花松子常滿地。賣藥囊中應有錢，還山服藥又長年。白雲勸盡杯中物，明月相隨何處眠。眠時憶問醒時事，夢魂可以相周旋。

下山歌〔一〕　宋之問

下嵩山兮多所思，携佳人兮步遲遲。松間明月長如此，君再遊兮復何時。

【原評】

〔一〕王無競和云：「日云暮兮下嵩山，山路連綿兮樹石間。出谷口兮見明月，心徘徊兮不能還。」

積雨輞川莊作

王　維

積雨空林煙火遲，蒸藜炊黍餉東菑。漠漠水田飛白鷺，陰陰夏木囀黄鸝。〔一〕山中習静觀朝槿，松下清齋折露葵。野老與人争席罷，海鷗何事更相疑。

【原評】

〔一〕劉須溪云：「寫景自然，造意又極辛苦。」

蘇氏别業

祖　詠

别業居幽處，到來生隱心。南山當户牖，澧水映園林。竹覆經冬雪，庭昏未夕陰。寥寥人境外，閒坐聽春禽。

輞川閒居

王　維

一從歸白社，不復到青門。時倚簷前樹，遠看原上村。青菰臨水映，白鳥向山翻。寂寞於陵子，桔槔方灌園。〔一〕

【原評】

〔一〕方虛谷云：「予於摩詰『山下孤煙遠村，天邊獨樹高原』，未嘗不心醉。於其『時倚簷前樹，遠看原上村』，尤心醉也。」

贈孟浩然

李　白

吾愛孟夫子，風流天下聞。紅顔棄軒冕，白首卧松雲。醉月頻中聖，迷花不事君。高山安可仰，徒此揖清芬。

寄邢逸人

鄭　常

羨君無外事，日與世情違。地僻人難到，溪深鳥自飛。儒衣荷葉老，野飯藥苗

肥。若問湖邊意，而今憶共歸。〔一〕

【原評】

〔一〕高仲武云：「有丘園之趣。」

送孔巢父謝病歸遊江東兼呈

李白

巢父掉頭不肯住，東將入海隨煙霧。詩卷長留天地間，釣竿欲拂珊瑚樹。深山大澤龍蛇遠，春寒野陰風景暮。〔一〕蓬萊織女迴龍車，指點虛無引歸路。自是君身有仙骨，世人那得知其故。惜君只欲苦死留，〔二〕富貴何如草頭露。蔡侯静者意有餘，清夜置酒臨前除。罷琴惆悵月照席，幾歲寄我空中書。南尋禹穴見李白，道甫問信今何如。〔三〕

【原評】

〔一〕劉云：「不必有所從來，不必有所指。玄又玄，衆妙門。」○七字浩然，以其將隱也。

〔二〕劉云：「兩『君』，其賓主。」

〔三〕劉云：「其迭蕩創體，類白得意，故成一家言。」

【今校】

「君身」，《唐詩品彙》卷二十八作「吾身」。

題張氏隱居〔一〕　杜甫

春山無伴獨相求，伐木丁丁山更幽。澗道餘寒歷冰雪，石門斜日到林丘。不貪夜識金銀氣，遠害朝看麋鹿遊。乘興杳然迷出處，對君疑是泛虛舟。

【原評】

〔一〕開元二十四年，後遊東都作。

【今校】

評語「後」，《唐詩品彙》卷八十四作「復」。

暮春歸故山草堂　錢起

谷口春殘黃鳥稀，辛夷花盡杏花飛。始憐幽竹山窗下，不改清陰待我歸。〔一〕

【原評】

〔一〕謝疊山云：「春光欲盡，鶯老花殘，獨山窗幽竹，不改清陰，如待主人之歸。此與『歲寒，然後知松柏之後彫』之意同。」

送別

王維

下馬飲君酒，問君何所之。君言不得意，歸卧南山陲。但去莫復問，白雲無盡時。

春日與裴迪過新昌里訪吕逸人不遇

王維

桃源面面絶風塵，柳市南頭訪隱淪。到門不敢題凡鳥，看竹何須問主人。城外青山如屋裏，東家流水入西隣。閉户著書多歲月，種松皆作老龍鱗。〔一〕

【原評】

〔一〕劉須溪云：「青山流水自在。」

虎丘寺贈魚處士

趙嘏

蘭若雲深處，前年客重過。巖空秋色動，水闊夕陽多。早負江湖志，今如鬢髮何。唯君閒勝我，釣艇在煙波。

獻薛僕射

系家于剡，向盈一紀。大曆五年人，以文聞鄴守薛公。無何，奏系爲右衛率府倉曹參軍，意所不欲，自獻斯文。

秦系

由來那敢議輕肥，散髮行歌自采薇。逋客未能忘野興，辟書翻遣脱荷衣。家中匹婦空相笑，池上羣鷗盡欲飛。更乞大賢容小隱，益看愚谷有光輝。

【今校】

「右衛率府」，原爲「古衛率府」，誤，據《全唐詩》卷二百六十改。

題宇文裔山寺讀書院

于鵠

讀書林下寺，不出動經年。草閣連僧院，山厨共石泉。雪庭無履跡，龕壁有燈煙。年少今頭白，删詩到幾篇。

傍水閒行

裴　度

閒餘何事覺身輕，暫脱朝衣傍水行。鷗鳥亦知人意静，故來相近不相驚。

題孟浩然宅

張　祜

高才何必貴，下位不妨賢。孟簡雖持節，襄陽屬浩然。

古意

歐陽澥

擾擾都城曉又昏，六街車馬五侯門。箕山渭水空明月，可是巢由絶子孫。

【今校】

據《唐詩紀事》卷六十七，此爲徐振詩。按：《唐詩紀事》徐振前爲歐陽澥，當涉前而誤。

代鄰叟

竇鞏

年來七十罷耕桑，就暖支羸强下牀。滿眼兒孫身外事，閒梳白髮向斜陽。

送齊山人歸長白山

韓翃

舊事山人白兔公，掉頭歸去又乘風。柴門流水依然在，一路寒山萬木中。

上平田

王維

朝畊上平田，暮畊上平田。借問問津者，寧知沮溺賢。〔一〕

【原評】

〔一〕劉云：「語調並高。」

春中田家作

王維

屋上春鳩鳴，村邊李花白。持斧伐遠揚，荷鋤覘泉脉。新燕識舊巢，舊人看新

曆。臨觴忽不御，惆悵遠行客。〔一〕

【原評】

〔一〕劉云：「《卷耳》之後，得此吟調。」又云：「情至自然，掩抑有態。」

田園樂五首

王　維

採菱渡頭風急，策杖西村日斜。杏樹壇邊漁父，桃花源裏人家。

萋萋芳草春緑，落落長松夏寒。牛羊自歸村巷，童稚不識衣冠。

山下孤煙遠村，天邊獨樹高原。一瓢顏回陋巷，五柳先生對門。

酌酒會臨泉水，抱琴好倚長松。南園露葵朝折，西舍黃粱夜舂。

桃紅復含宿雨，柳緑更帶朝煙。花落家僮未掃，鳥啼山客猶眠。〔一〕

【原評】

〔一〕苕溪云：「每哦『桃紅』『柳緑』『花落』『鳥啼』之句，令人坐想輞川之勝，此老傲睨閒適于其間。」

田家留客

王　建

人客少能留我屋〔一〕，客有新漿馬有粟。遠行僮僕應苦饑，新婦厨中炊欲熟。不嫌田家破門户，蠶房新泥無風土。行人但飯莫畏貧，明府上來何辛苦。叮嚀回語屋中妻，有客勿令兒夜啼。雙井直西有縣路，我教丁男送君去。〔二〕

【原評】

〔一〕劉云：「起得甚濃。」

〔二〕劉云：「情至語盡，歌舞有不能。」

田家雜興八首〔一〕

儲光羲

春至鶬鶊鳴，薄言向田墅。不能自力作，黽勉娶鄰女。既念生子孫，方思廣田圃。閒時相顧笑，喜悦好禾黍。夜夜登嘯臺，南望洞庭渚。百草被霜露，秋山響砧杵。却羡故年時，中情無所取。〔二〕

【原評】

〔一〕劉云：「首首皆妙，有此田家。」

〔二〕劉云：「真隱者，違俗之談。」

其二

衆人耻貧賤，相與尚膏腴。我情既浩蕩，所樂在畋漁。山澤時晦冥，歸家鼙閒居。滿園種葵藿，繞屋樹桑榆。禽雀知我閒，翔集依我廬。所願在優游，州縣莫相呼。日與南山老，兀然傾一壺。〔一〕

【原評】

〔一〕劉云：「淵明之趣。」

其三

逍遥阡陌上，遠近無相識。落日照秋山，千巖同一色。網罟繞溪莽，鷹鸇輕翼翼。獵馬既如風，奔獸莫敢息。駐旗滄海上，犒士吴宫側。楚國有夫人，性情本貞

直。鮮禽徒自致，終歲竟不食。〔一〕

【原評】

〔一〕劉云：「似是息嫡，矯矯不意出此。」

【今校】

「貞直」，《唐詩品彙》卷十作「真直」。

其四

田家超瀧畝，當晝掩虛關。隣里無煙火，兒童共幽閒。桔槔懸空圃，雞犬滿桑間。時來農事隙，採藥遊名山。但言所採多，不念路險艱。人生如蜉蝣，一往不可攀。君看西王母，千載美容顏。

【今校】

「超瀧」，《唐詩品彙》作「趨壠」。

其五

貧士養情性，不復知憂樂。去家行賣畚，留滯南陽郭。秋至黍苗黃，無人可刈穫。孺子朝未飯，把竿逐烏雀。忽見梁將軍，乘車出宛洛。意氣軼道路，光輝滿墟落。安知負薪者，咥咥笑輕薄。

其六

楚山有高士，梁國有遺老。築室既相鄰，同田復同道。糗糒常共飯，兒孫每更抱。忘此耕耨勞，愧彼風雨好。蟪蛄鳴空澤，鶗鴂傷秋草。日夕寒風來，衣裳苦不早。〔一〕

【原評】

〔一〕劉云：「別是一種意態，言外悄然。」

其七

梧桐蔭我門，薜荔網我屋。超超兩夫婦，朝出暮還宿。稼穡既有種，牛羊還自牧。日旰懶耕鋤，登高望川陸。空山足禽獸，墟落多喬木。白馬誰家兒，聯翩相馳逐。〔一〕

【原評】

〔一〕劉云：「不着一語，意自然个中。」

其八

種桑百餘樹，種黍三十畝。衣食既有餘，時時會賓友。夏來菰米飯，秋至菊花酒。孺人喜逢迎，稚子解趨走。日暮得園裏，團團蔭榆柳。酩酊乘夜歸，涼風吹户牖。清淺望河漢，低昂看北斗。數甕猶未開，明朝能飲否。〔一〕

【原評】

〔一〕劉云：「比陶差律而贍，然各自好。」

【今校】

《唐詩品彙》「得」作「閒」，評語「律」作「健」。

夜到漁家

張籍

漁家在江口，潮水入柴扉。行客欲投宿，主人猶未歸。〔一〕竹深村路遠，月出釣船稀。遥見尋沙岸，春風動草衣。

【原評】

〔一〕劉云：「難得語意自在如此。」

漁翁

柳宗元

漁翁夜傍西岩宿，曉汲清湘燃楚竹。煙銷日出不見人，欸乃一聲山水緑。迴看天際下中流，岩上無心雲相逐。〔一〕

【原評】

〔一〕蘇東坡云：「詩以奇趣爲宗，反常合道爲趣。熟味此詩，有奇趣。然其尾兩句，雖不必，亦可。」○劉云：「或謂蘇評爲當，非知言者。此詩氣渾，不類晚唐，正在後兩句，非蛇安足者。」

漁父

岑參

扁舟滄浪叟，心與滄浪清。不自道鄉里，無人知姓名。朝從灘上飯，暮向蘆中宿。歌竟還復歌，手持一竿竹。竿頭釣絲長丈餘，鼓棹乘流無定居。世人那得識深意，此翁取適非取魚。

江雪

柳宗元

千山鳥飛絶，萬徑人蹤滅。孤舟蓑笠翁，獨釣寒江雪。〔一〕

【原評】

〔一〕劉云：「得天趣，獨由落句五字道盡矣。」

題灞池

王昌齡

開門望長川，薄暮見漁者。借問白頭翁，垂綸幾年也。

類選唐詩助道微機卷之五

感策

人生如夢如幻，見在之空，難以語人。即語，未易了了。至于盈虛禪代，今昔推遷，過去之空，昭昭歷歷，而懵然不省，良可悲也。《語》有「逝者」之嗟，禪有現知之法。人而覺此，則一切富貴功名，何一足堪把玩？因不足把玩，而求究竟真實，其能頃刻待乎？古詩中多提撕激切，予吟之，感動警策，凡得若干首云。

秋月湖上

薛　瑩

落日五湖遊，煙波處處愁。浮沉千古事，誰與問東流。

江行晚詠

權德輿

古樹夕陽盡，空江暮靄收。寂寞扣舷坐，獨生千載愁。

閶門懷古

韋應物

獨鳥下高樹，遥知吴苑園。凄凉千古事，日暮倚閶門。

萬歲樓

王昌齡

江上巍巍萬歲樓，不知經歷幾千秋。年年喜見山長在，日日悲看水獨流。猿狖何曾離莫嶺，鸕鷀空自泛寒洲。誰堪登望雲煙裏，向晚茫茫發旅愁。〔一〕

【原評】

〔一〕知愁方能悟，人不省覺，與猿狖鸕鷀等耳。

與諸子登峴山

孟浩然

人事有代謝，往來成古今。江山留勝跡，我輩復登臨。水落魚梁淺，天寒夢澤深。羊公碑尚在，讀罷淚沾襟。〔一〕

【原評】

〔一〕劉云：「不必苦思，自然好。苦思復不能及。」又云：「起得高古，略無粉色，而情境俱稱。悲慨勝於形容，真峴山詩也。復有能言，亦在下風。」

金陵懷古

許渾

玉樹歌殘王氣終，景陽兵合戍樓空。楸梧遠近千官塚，禾黍高低六代宫。石燕拂雲晴亦雨，江豚吹浪夜還風。英雄一去豪華盡，唯有青山似洛中。

姑蘇懷古

許渾

宫館餘基倚棹過，黍苗無限獨悲歌。荒臺麋鹿争新草，空苑鳧鷖占淺莎。吴岫雨來虛檻冷，楚江風急遠帆多。可憐國破忠臣死，日日東流生白波。

登古鄴城　岑參

下馬登鄴城，城空復何見。東風吹野火，暮入飛雲殿。城隅南對望陵臺，漳水東流不復回。武帝宫中人去盡，年年春色爲誰來。

吴宫怨　衛萬

君不見吴王宫閣臨江起，不捲珠簾見江水。曉氣晴來雙闕間，潮聲夜落千門裏。勾踐城中非舊春，姑蘇臺下起黄塵。祇今唯有西江月，曾照吴王宫裏人。

【今校】

「不見」，《唐詩品彙》卷三十七作「不必」。

越王樓歌　杜甫

綿州州府何磊落，顯慶年中越王作。孤城西北起高樓，碧瓦朱甍照城郭。樓下

長江百丈清，山頭落日半輪明。君王舊跡今人賞，轉見千秋萬古情。〔一〕

【原評】

〔一〕劉云：「不深不淺。」

蘇臺覽古

李白

舊苑荒臺楊柳新，菱歌清唱不勝春。只今惟有西江月，曾照吴王宫裏人。

越王懷古

李白

越王勾踐破吴歸，義士還家盡錦衣。宫女如花滿春殿，只今唯有鷓鴣飛。

【今校】

詩題，《唐詩品彙》卷四十七作「越中覽古」。

宿昭應

顧况

武帝祈靈太乙壇，新豐樹色繞千官。那知今夜長生殿，獨閉空山月影寒。〔一〕

【原評】

〔一〕令人不勝今古之感，「那知」與「獨」字，皆緊關切要。

金陵圖

韋　莊

江雨霏霏江草齊，六朝如夢鳥空啼。無情最是臺城柳，依舊煙籠十里堤。〔一〕

【原評】

〔一〕謝云：「國亡主滅，陵谷變遷，唯臺前柳，必梁朝所種。草木無情，只如舊日。」

【今校】

評語「臺前」，《唐詩品彙》卷五十四作「臺城」。

宋中

高　適

梁王昔全盛，賓客復多才。悠悠一千年，陳迹唯高臺。寂寞向秋草，悲風千里來。

【今校】

原十首，此其一。

仲山 漢高祖兄劉仲葬此。

唐彦謙

千載遺蹤寄薜蘿，沛中鄉里漢山河。長陵亦是閒丘壠，異日誰知與仲多。〔一〕

【原評】

〔一〕謝云：「觀此詩，則貧富貴賤等皆空花，有道者不以累其靈臺。」

銅雀臺

薛能

魏帝當時銅雀臺，黄花深映棘叢開。人生富貴須迴首，此地豈無歌舞來。

【今校】

此首底本缺詩人名，當爲薛能詩，見《唐詩品彙》卷五十四。

登樂遊原

杜牧

長空澹澹孤鳥没，萬古消魂向此中。看取漢家何似業，五陵無樹起秋風。〔一〕

【原評】

〔一〕謝云：漢家基業之廣大爲何如？今日登原一望，五陵變爲荒田野草，無樹木可以起秋風矣。盛衰無常，廢興有時。有天下者，觀此亦可以慄然危懼。

【今校】

評語「慄然」，《唐詩品彙》卷五十三作「慄慄」。

石頭城　劉禹錫

劉自序云：「友人白樂天，掉頭善吟，歎賞良久，且曰：『《石頭城詩》云「潮打空城寂寞回」，吾知後之詩人不復措辭矣。』」

山圍故國周遭在，潮打空城寂寞回。淮水東邊舊時月，夜深還過女墻來。〔一〕

【原評】

〔一〕謝云：「山無異東晉之山，潮無異東晉之潮，月無異東晉之月也。求東晉之宗廟宮室，英雄豪傑，俱不可見矣！意在言外，寄有於無。」

烏衣巷

劉禹錫

朱雀橋邊野草花，烏衣巷口夕陽斜。舊時王謝堂前燕，飛入尋常百姓家。〔一〕

【原評】

〔一〕謝云：「世異時殊，人更物換。高門甲第，百無一存。惟朱雀橋、烏衣巷之花草夕陽如舊，不言王謝第宅之變，乃云舊時燕飛入尋常百姓之家，此風人之遺巧也。」

桑落洲

胡玢

莫問桑田事，但看桑落洲。數家新住處，昔日大江流。古岸崩欲盡，平沙長未休。想應百年後，人世更悠悠。

送聰上人還廣陵

僧皎然

莫學休公學遠公，了心還與我心同。隋家古柳數株在，看取人間萬事空。〔一〕

【原評】

〔一〕不須學休，亦不須學遠，只了自心，無不同者。隋帝幸江都，是廣陵故事。今惟古柳數株而已。看取人間萬事皆空，此了心法。

望秋月

皎　然

家家望秋月，不及秋山望。山心萬境長寂寥，夜夜孤明我山上。海人皆云生海東，山人自謂出山中。憂虞歡樂皆占月，月本無心同不同。自從有月山不改，古人望盡今人在。不知萬世今夜時，孤月將誰更相待。

長安古意

盧照隣

長安大道連狹斜，青牛白馬七香車。玉輦縱横過主第，金鞍絡繹向侯家。龍銜寶蓋承朝日，鳳吐流蘇帶晚霞。百丈遊絲争繞樹，一羣嬌鳥共啼花。啼花戲蝶千門側，碧樹銀臺萬種色。複道交窗作合歡，雙闕連甍垂鳳翼。梁家畫閣天中起，漢帝金臺雲外直。樓前相望不相知，陌上相逢詎相識。借問吹簫向紫煙，曾經學舞度芳年。

得成比目何辭死，願作鴛鴦不羡仙。比目鴛鴦真可羡，雙去雙來君不見。生憎帳額繡孤鸞，好取開簾帖雙鷰。雙鷰雙飛繞畫梁，羅幃被翠鬱金香。片片行雲着蟬鬢，纖纖初月上鴉黄。鴉黄粉白車中出，含嬌含態情非一。妖童寶馬鐵連錢，娼奴盤龍金屈膝。御史府中烏夜啼，廷尉門前雀欲栖。隱隱朱城臨玉道，遥遥翠幰没金堤。挾彈飛鷹杜陵北，探丸借客渭橋西。俱邀俠客芙蓉劍，共宿娼家桃李蹊。娼家日暮紫羅裙，清歌一囀口氤氲。北堂夜夜人如月，南陌朝朝騎似雲。南陌北堂連北里，五劇三條控三市。弱柳青槐拂地垂，佳氣紅塵暗天起。漢代金吾千騎來，翡翠屠蘇鸚鵡杯。羅襦寶帶爲君解，燕歌趙舞爲君開。別有豪華稱將相，轉日回天不相讓。意氣由來排灌夫，專權判不容蕭相。專權意氣本豪雄，青虬紫燕坐生風。自言歌舞長千載，自謂驕奢凌五公。節物風光不相待，桑田碧海須臾改。昔時金階白玉堂，即今惟見青松在。寂寂寥寥揚子居，年年歲歲一牀書。獨有南山桂花發，飛來飛去襲人裾。

【今校】

《唐詩品彙》卷二十五「金莖」作「金臺」，「囀」作「轉」。

公子行

劉庭芝

天津橋下陽春水，天津橋上繁華子。馬聲迴合青雲外，人影搖動緑波裹。緑波清迴玉爲砂，青雲離披錦作霞。可憐楊柳傷心樹，可憐桃李斷腸花。此日遨遊邀美女，此時歌舞入娼家。娼家美女鬱金香，飛去飛來公子傍。的的朱簾白日映，娥娥玉顔紅粉妝。花際徘徊雙蛺蝶，池邊顧步兩鴛鴦。傾國傾城漢武帝，爲雲爲雨楚襄王。古來容光人所羡，况復今日遥相見。願作輕羅着細腰，願爲明鏡分嬌面。與君相向轉相親，與君雙棲共一身。願作貞松千歲古，誰論芳槿一朝新。百年同謝西山日，千秋萬古北邙塵。

憶昔

韋　莊

昔年曾向五陵遊，午夜清歌月滿樓。銀燭樹前長似晝，露桃花下不知秋。西園公子名無忌，南國佳人字莫愁。今日亂離俱是夢，夕陽唯見水東流。

烏棲曲

李白

姑蘇臺上烏棲時，吴王宫裏醉西施。吴歌楚舞歡未畢，青山欲銜半邊日。銀箭金壺漏水多，起看秋月墜江波，東方漸高奈樂何！〔一〕

【原評】

〔一〕賀知章云：「此詩可以泣鬼神。」蕭士斌云：「此樂府，深得國風刺詩之體。」〇范得機云：「漢魏詩多不可點，所以爲好者，蓋其氣象自不同耳。李詩好處亦難點，點之則全篇有所不可擇焉。若此篇與《烏夜啼》，可爲精金粹玉矣。」

江上吟

李白

木蘭之枻沙棠舟，玉簫金管坐兩頭。美酒尊中置千斛，載妓隨波任去留。仙人有待乘黄鶴，海客無心隨白鷗。屈平詞賦懸日月，楚王臺榭空山丘。興酣落筆摇五嶽，詩成笑傲凌滄洲。功名富貴若長在，漢水亦應西北流。〔一〕

【原評】

〔一〕蕭云：「此達者之詞也。」

江邊老人愁

崔顥

江南少年十八九，乘舟欲渡清溪口。忽逢江邊一老翁，鬚眉皓白已衰朽。自言家代仕梁陳，垂紫拖金三十人。兩朝出將復入相，五世疊鼓乘朱輪。父兄三葉皆尚主，女子四代爲妃嬪。南山賜田接御苑，北宮甲第連紫宸。直言榮華未休歇，不覺山崩海將竭。兵戈亂入建康城，煙火連燒未央闕。衣冠女子陷鋒刃，良將名臣盡埋没。山川改易失朝市，衢路縱横填白骨。老人此時尚少年，脱身走得投海邊。罷兵歲餘未敢出，去家三載方來旋。蓬蒿忘却五城宅，草木不識清溪田。雖然得歸到鄉土，零丁貧賤長辛苦。采樵屢入首陽山，刈稻長過新林浦。少年欲知老人歲，豈知今年一百五。君今少壯我已衰，我昔少年君不覩。人生貴賤各有時，莫見羸老相輕欺。感君相問爲君説，説罷不覺令人悲。

【今校】

「首陽山」，《唐詩品彙》卷三十一作「歷陽山」。

代悲白頭翁

劉庭芝

洛陽城東桃李花，飛來飛去落誰家。洛陽女兒惜顏色，行逢落花長歎息。今年花落顏色改，明年花開復誰在。已見松柏摧爲薪，更聞桑田變成海。古人無復洛城東，今人還對落花風。年年歲歲花相似，歲歲年年人不同。寄言全盛紅顏子，應憐半死白頭翁。此翁白頭真可憐，伊昔紅顏美少年。公子王孫芳樹下，清歌妙舞落花前。光禄池臺開錦繡，將軍樓閣畫神仙。一朝卧病無相識，三春行樂在誰邊？宛轉蛾眉能幾時，須臾鶴髮亂如絲。但看古來歌舞地，惟有黄昏鳥雀悲。

暮春滻水送别

韓　琮

緑暗紅稀出鳳城，暮雲宫闕古今情。行人莫聽宫前水，流盡年光是此聲。〔一〕

【原評】

〔一〕謝云：「人情有盡，流水無窮。自唐有宫闕以來，不知經幾年、過幾人，而宫前流水，只此如故。」一云：「年光之盡，皆此聲中流去，耳聽之增悲，故云『莫聽』。」

【今校】

評語「一云」以下，《唐詩品彙》卷五十四無。

虢州後亭送李判官使赴晉絳

岑　參

西原驛路掛城頭，客散江亭雨未休。君去試看汾水上，白雲猶似漢時秋。〔一〕

【原評】

〔一〕謝云：「此詩爲去國者作。末句隱然，富貴不足道，漢公卿往來汾陰，不知幾人在，唯白雲似漢時秋耳。所以開廣其胸襟鬱抑也。」

【今校】

評語「謝」下，《唐詩品彙》卷四十八有「疊山」二字。

江樓書感

趙嘏

獨上江樓思渺然，月光如水水連天。同來翫月人何在，風景依稀似去年。

七里灘送嚴維

劉長卿

秋江渺渺水空波，越客孤舟欲榜歌。手折垂楊悲老大，故人零落已無多。〔一〕

【原評】

〔一〕昔賢謂相知中時抽一人兩人去，良爲可懼。

送温台

朱放

渺渺天涯君去時，浮雲流水自相隨。人生一世長如客，何必今朝是别離。〔一〕

【原評】

〔一〕見道。

玉華宮　杜甫

梅聖俞云：「宮近晉苻堅墓。」

溪回松風長，蒼鼠竄古瓦。不知何王殿，遺構結壁下。〔一〕陰房鬼火青，壞道哀湍瀉。萬籟真笙竽，秋色正蕭灑。美人爲黄土，况乃粉黛假。當時侍金輿，故物獨石馬。憂來藉草坐，浩歌淚盈把。冉冉征途間，誰是長年者。〔二〕

【原評】

〔一〕劉云：「哀思苦語，轉换簡遠，有長篇餘韻。末更自傷悲，非意所及。」

〔二〕劉云：「起結淒黯，讀者殆難爲情。」

【今校】

「結壁」，《唐詩品彙》卷八作「絶壁」。

孟城坳　王維

新家孟城口，古木餘衰柳。來者復爲誰，空悲昔人有。〔一〕

【原評】

〔一〕劉云：「復欲二語，如此俯仰曠達不可得。」

夏夜

武元衡

夜久喧暫息，池臺惟月明。無因駐清景，日出事還生。

【今校】

詩題，《唐詩品彙》卷四十三作「夏夜作」。

途中即事

武元衡

南征復北還，擾擾百年間。自笑紅塵裏，生涯不暫閒。

【今校】

此首底本缺詩人名，當爲武元衡詩。

問淮水

白居易

所嗟名利客，擾擾在人間。何事長淮水，東流亦不閒。

感遇

陳子昂

微月生西海，幽陽始化昇。圓光正東滿，陰魄已朝凝。太極生天地，三元更廢興。至精諒斯在，三五誰能徵。〔一〕

【原評】

〔一〕劉云：「其詩於内外或自有見。月本陰也，而謂之幽陽。三五，陽也，而平明已缺，極似契語。」〇三五，出《史記》「至道不遠，三五必返」。

【今校】

此爲《唐詩品彙》卷三《感遇三十六首》其一。評語「三五陽也」原作「二五陽也」，據《唐詩品彙》改。

感遇

陳子昂

蘭若生春夏，芊蔚何青青。幽獨空林色，朱蕤冒紫莖。遲遲白日晚，嫋嫋秋風生。歲華盡摇落，芳意竟何成。〔一〕

【原評】

〔一〕劉云：「又以芳草爲不足也。」

【今校】

此爲《唐詩品彙》卷三《感遇三十六首》其二。

感遇

陳子昂

白日每不歸，青陽時暮矣。茫茫吾何思，林卧觀無始。衆芳委時晦，鶗鴂鳴悲耳。鴻荒古已頹，誰識巢居子。〔一〕

【原評】

〔一〕劉云：「起語如此，安得不瞿然？『林卧觀無始』，定非俗物。」

【今校】

此爲《唐詩品彙》卷三《感遇三十六首》其五。

感遇

陳子昂

林居病時久，水木澹孤清。閒卧觀物化，悠然念無生。青春始萌達，朱火已滿盈。徂落方自此，感歎何時平。〔一〕

【原評】

〔一〕劉云：「是古詩得意者。」

【今校】

此爲《唐詩品彙》卷三《感遇三十六首》其六。

感遇

陳子昂

可憐瑶臺樹，灼灼佳人姿。碧華映朱實，攀折青春時。豈不盛光寵，榮君白玉墀。但恨紅芳歇，凋傷感所思。〔一〕

【原評】

〔一〕劉云：「古意。」

【今校】

此爲《唐詩品彙》卷三《感遇三十六首》其十六。

古風

李白

秋露白如玉，團團下庭緑。我行忽見之，寒早悲歲促。人生鳥過目，胡乃自結束？景公一何愚，牛山淚相續。物苦不知足，得隴反望蜀。人生若波瀾，世路有屈曲。三萬六千日，夜夜當秉燭。〔一〕

【原評】

〔一〕蕭云：「此篇言人功成當去，奈何戀世不足，而謬用心機？百年之内，唯及時行樂耳！識者觀之，豈不可笑歟？蓋白之言不盡意，意在其中，非聖於詩者，孰能與於此乎？」

【今校】

此《唐詩品彙》卷四所選李白《古風三十二首》其十七。評語「機」作「幾」。

古風

李白

莊周夢蝴蝶，蝴蝶爲莊周。一體更變易，萬事良悠悠。乃知蓬萊水，復作清淺流。青門種瓜人，舊日東陵侯。富貴固如此，營營何所求。〔一〕

【原評】

〔一〕劉須溪云：「語意音節，適可如此而止。」○蕭云：「此篇達生者之辭也。謂忽然爲人，化爲異物；忽爲異物，化而爲人。一體變易，尚未能知；悠悠萬事，豈能盡知乎？況又乃能知桑滄之變乎？故侯種瓜，富貴者固如是也。既燭破此理，尚何所求，而營營苟苟以勞生哉？」

【今校】

此《唐詩品彙》卷四所選李白《古風三十二首》其七。

夕陽樓

李商隱

花明柳暗繞天愁，上盡重城更上樓。欲問孤鴻向何處，不知身世自悠悠。〔一〕

【原評】

〔一〕欲問鴻歸何處，憐其無所究竟也。而反之自己，亦不知此身此世，何所住著。悠悠莫定，尚安敢問鴻哉？或云：「欲問鴻歸何處，實無所歸；忘身與世，自覺悠悠，與『樂子之無知』意同」。亦通，前解爲長。

絶句 一作「宫妓」

李商隱

珠箔輕明拂玉墀，披香新殿鬥腰肢。不須看盡魚龍戲，終遣君王怒偃師。〔一〕

【原評】

〔一〕劉子云：「偃師，周穆王時工人，獻能倡者，歌舞千變萬化。技將終，倡者睨其目於王之左右侍妾。王大怒，立欲誅偃師。偃師大懾，立剖殺倡者以示王，皆傅繪草木膠漆，黑白丹青之所爲。王乃歎曰：『人之巧，與造化同功乎？』」〇《楊文公談苑》云：「余知制誥日，與余恕同考試，因出李義山詩共讀，酷愛此絶，擊節稱歎曰：『古人措辭寓意如此之深妙，令人感慨不已！』」

【今校】

《唐詩品彙》卷五十三評語「睨」作「瞬」，「於」作「招」，「剖殺」作「剖能」。

對治

《易》曰「反終」，《語》曰「夕可」，由曰「問死」。生死，儒門何嘗不理會？而較之釋門，特言有詳略而已。夫生死之故，究竟深微，固或不易，乃尋常一死，目擊昭昭，而人若不信有此者。東家吊喪，西家送殯，不思將及自身。今日問舍，明日求田，真是千年作調，甚至「死」之一字，忌諱決不欲聞。楊慈湖氏謂：「人皆知有一死，而實不知。」良不誣也。惟其一向冥然，是以毫無料理，卒然到頭，如牛皮活剥，忙亂無措，痛苦難勝，死後沉淪，更有大可憐憫者。在昔司空表聖預爲壽藏，故人來者，引之壙中，賦詩對酌。陽明子在龍場時，特造一棺，常日坐卧其中。夫死，人所畏而終不可逃。故高人大儒，猶然如此鍛錬，而況我輩，可忘蚤計？昔有畏尖物者，伊川令其滿室皆置尖物。予録古詩若干首，悉皆尖物。老病是末之先見者也，置之滿案，時時覽之。蓋未敢言「本無」之大話，聊作「對治」之小乘。此與前感策諸詩，殊若相似，可以互觀。然此更覺詞危而勢迫耳。

哭魏尚書

釋靈一

畫戟重門楚水陰，天涯欲暮共傷心。南荆雙履痕猶在，北斗孤魂望已沉。蓮花幕下悲風起，細柳營邊曉月臨。前路茫茫向誰問，感恩空有淚沾襟。

【今校】

《唐詩品彙・拾遺》卷十，詩題「魏」作「衛」，第四句「沉」作「深」。

哭麻處士

王　維

却到歌吟地，閒門草色中。百年流水盡，萬事落花空。繐帳寒秋月，詩樓冷夜蟲。少微何處墮？留恨白楊風。

【今校】

此當爲韋莊詩。見《唐詩品彙》卷六十九。

哭殷遥

王　維

人生能幾何，畢竟歸無形。念君等爲死，萬事傷人情。慈母未及葬，一女纔十齡。泱漭寒郊外，蕭條聞哭聲。浮雲爲蒼茫，飛鳥不能鳴。行人何寂寞，白日自淒清。憶昔君在時，問我學無生。勸君苦不早，令君無所成。故人各有贈，又不及平生。負爾非一途，痛哭返柴荆。

吊柳子厚

元和乙未，與故人柳子厚臨湘水爲別。柳浮舟適柳州，余登陸赴連州。後五年，余從故道出桂嶺，至前別處，而君没於南中，因賦以吊。

劉禹錫

憶昨與故人，湘江岸頭別。我馬映林嘶，君帆轉山滅。馬嘶循故道，帆滅如流電。千里江蘺春，故人今不見。

古挽歌

孟雲卿

草草閭巷喧，塗車儼成位。冥冥何所須，盡我生人意。北邙路非遠，此別終天地。臨穴頻撫棺，至哀反無淚。爾形自衰老，爾息纔童稺。骨肉安可離，皇天若容易。房帷即靈帳，庭宇爲哀次。薤露歌若斯，人生盡如寄。

【今校】

《唐詩品彙·拾遺》卷一第九句「自」作「未」。

樂大夫挽歌

駱賓王

蒿里誰家地，松門何代丘。百年三萬日，一别幾千秋。反照寒無影，窮泉凍不流。居然同物化，何處欲藏舟。

又

一旦先朝菌，千秋掙夜臺。青烏新兆去，白馬故人來。草露當春泣，松風向夕哀。寧知荒壠外，弔鶴自徘徊。

野田行

李　益

日没出古城，野田何茫茫。寒狐嘯青塚，鬼火燒白楊。昔人未爲泉下客，行到此中曾斷腸。

北邙行

張籍

洛陽北門北邙道，喪車轔轔入秋草。車前齊唱《薤露》歌，高墳新起白峩峩。朝朝暮暮人送葬，洛陽城中人更多。千金立碑高百尺，終作誰家柱下石。山頭松柏半無主，地下白骨多於土。寒食家家送紙錢，烏鳶作窠啣上樹。人居朝市未解愁，請君暫向北邙遊。〔一〕

【原評】

〔一〕劉云：「只如此，自不可堪，真樂府之體也。」

【今校】

「峩峩」，《唐詩品彙》卷三十四作「峨峨」。

邙山

沈全期

北邙山上列墳塋，萬古千秋對洛城。城中日夕歌鐘起，山上唯聞松柏聲。

【今校】
「全」，當作「佺」。

古歌

沈千運

北邙不種田，但種松與柏。松柏未生處，留待市朝客。

古挽歌

于鵠

陰風吹黃蒿，挽歌渡秋水。車馬却歸城，孤墳明月裏。

城上吟

僧子蘭

古塚密於草，新墳侵古道。城外無閒地，城中人又老。

寒食詩

白居易

烏啼鵲噪昏喬木，清明寒食誰家哭。風吹曠野紙錢飛，古墓累累春草綠。棠梨

花映白楊樹，盡是死生離別處。冥漠重泉哭不聞，蕭蕭暮雨人歸去。〔一〕

【原評】

〔一〕東坡云：「余與郭生遊南溪，主簿吳亮置酒。郭生善歌，酒酣發聲，座爲淒然。郭生言恨無佳辭，因改樂天《寒食詩》歌之，每句雜以散聲，坐客有泣者。」

寒食

僧雲表

寒食悲看郭外春，野田無處不傷神。平原累累皆新塚，半是去年來哭人。

【今校】

詩題，《全唐詩》卷八百二十五作「寒食日」。

路傍墓

耿湋

石馬雙雙當古樹，不知何代公侯墓。墓前靡靡春草深，唯有行人看碑路。

弔王將軍墓

常建

嫖姚北伐時，深入强千里。戰餘落日黄，軍敗鼓聲死。〔一〕嘗聞漢飛將，可奪單于壘。今與山鬼隣，殘兵哭遼水。〔二〕

【原評】

〔一〕劉云：「形容，古所未至。」

〔二〕殷云：「一篇盡善，屬辭悲苦，辭亦警絶。潘岳雖云能序悲怨，未見如此章。」〇劉云：「短絶。」

【今校】

評語〔二〕「悲苦」，《唐詩品彙》卷十一、《河岳英靈集》作「既苦」，是。「雖」，原作「淮」，據《唐詩品彙》改。

周平西墓

權德輿

英威今寂寞，陳迹對崇丘。壯志清風在，荒墳白日愁。窮泉那復曉，喬木不知秋。歲歲寒塘側，無人水自流。

真娘墓其墓前乃虎丘寺也。　白居易

真娘墓，虎丘道。不識真娘鏡中面，唯見真娘墓頭草。霜摧桃李風折蓮，真娘死時猶少年。脂膚荑手不牢固，世間尤物難留連。難留連，易消歇，塞北花，江南雪。

傷曹娘　宋之問

《前溪》妙舞今應盡，《子夜》新歌遂不傳。無復綺羅嬌白日，直將珠玉閉黄泉。

【今校】

《宋之問集》有四首，此其二。

掩役夫張進骸〔一〕　柳宗元

生死悠悠爾，一氣聚散之。偶來紛喜怒，奄忽已復辭。爲役孰賤辱，爲貴非神奇。一朝纊息定，枯朽無妍媸。生平勤皂櫪，剉秣不告疲。既死給轊櫝，葬之東山基。奈何值崩湍，蕩折臨路垂。髐然暴百骸，散亂不復支。從者幸告予，睠之潸然悲。猫虎獲迎祭，犬馬有蓋帷。佇立唁爾魂，豈復識此爲？畚鍤載埋瘞，溝瀆護其危。我心得所安，不謂爾有知。掩骼著春令，兹焉適其時。及物非吾輩，聊且顧爾私。

【原評】

〔一〕《詩眼》云：「子厚《掩張進骸》一篇，既盡役夫之事，又反復自明其意。」○劉云：「學陶不如此篇逼近，亦事題偶足以發爾。故知理貴自然。」

遣興

杜　甫

朝逢富家葬，前後皆輝光。共指親戚大，緦麻百夫行。送者各有死，不須羡其强。君看束縛去，亦得歸山岡。〔一〕

【原評】

〔一〕劉云：「曠然世外之見，沉著痛快。」

【今校】

《唐詩品彙》卷八録有四首，此其三。

擬古

李白

生者爲過客，死者爲歸人。天地一逆旅，同悲萬古塵。月兔空搗藥，扶桑已成薪。白骨寂無言，青松豈知春。前後更歎息，浮榮何足珍。

【今校】

《唐詩品彙》卷四録有八首，此其六。

古意

常建

牧馬古道傍，道傍多古墓。蕭條愁殺人，蟬鳴白楊樹。迴頭望京邑，合沓生塵霧。富貴安可常，歸來保貞素。

短歌

皎　然

古人若不死，吾亦何所悲。蕭蕭煙雨九原上，白楊青松葬者誰。貴賤同一塵，死生同一指。人生萬代共如此，何異浮雲共流水。短歌行，短歌無窮日已傾。鄴宫梁苑徒有名，春草秋風傷我情。何爲不學金仙侶，一悟空王無死生。

短歌行

僧棲蟾

蟾光堪自歎，浮世懶思量。身得幾時活，眼開終日忙。千門無壽藥，一鏡有愁霜。早向塵埃外，光陰任短長。

短歌行

王　建

人初生，日初出。上山遲，下山疾。百年三萬六千朝，夜裏分將强半日。有歌有舞聞早爲，昨日健於今日時。人家見生男女好，不知男女催人老。短歌行，無樂聲。〔一〕

【原評】

〔一〕劉云：「妙合人意，結語更妙。」

題竹林寺　　朱放

歲月人間促，煙霞此地多。殷勤竹林寺，更得幾回過。

歎白髮　　王維

我年亦何長，鬢髮日已白。俛仰天地間，能爲幾時客。惆悵故山雲，徘徊空日夕。何事與時人，東城復南陌。

送隱者　　杜牧

無媒逕路草蕭蕭，自古雲林遠市朝。公道世間唯白髮，貴人頭上不曾饒。

【今校】

此首底本缺詩人名，當爲杜牧詩。見《唐詩品彙》卷五十三，又見《樊川文集》卷四。

秋思

許渾

琪樹西風枕簟秋，楚雲湘水憶同遊。高歌一曲掩明鏡，昨日少年今白頭。

囉嗊歌

劉采春

昨日勝今日，今年老去年。黃河清有日，白髮黑無緣。

【今校】

《唐詩品彙》卷四十五録有五首，此其五。詩題「歌」作「曲」。

逢老人

僧巒

路逢一老翁，兩鬢白如雪。一里二里行，四回五回歇。

【今校】

「僧巒」，《古今禪藻集》卷六、《全唐詩》卷八百二十五作「隱巒」。

贈盧綸　李益

世故中年別，餘生此會同。却將悲與病，獨對朗陵翁。

盧和詩　盧綸

戚戚一西東，十年今始同。可憐風雨夜，相對兩衰翁。

【原評】〔總〕《容齋隨筆》云：「二詩讀之，使人悽然，皆奇作也！」

村南逢病叟　盧綸

雙膝過頤頂在肩，四鄰知姓不知年。卧驅鳥雀惜禾黍，猶恐諸孫無社錢。

觀鄰老栽松　李端

雖過老人宅，不解老人心。何事殘陽裏，栽松欲得陰。

送柳淳

孟郊

青山臨黄河，下有長安道。世上名利人，相逢不知老。

山居

貫休

自古浮華能幾朝，逝波終日去滔滔。漢王廢苑生秋草，吴主荒宫入夜濤。滿屋黄金機不息，一頭白髮氣猶高。豈知物外金仙子，甘露天香滿毳袍。

類選唐詩助道微機卷之六

禪門

昔有問范景仁：「何以不信佛？」景仁曰：「爾必待我合掌膜拜，然後爲信耶？」由此而言信者，信其理，非狥其跡也。陽明子云：「古人取善及陶漁。」陶漁且取，而況至理之所寓耶？自來大儒，無論顯從禪者，即形跡若遠而聲氣未嘗不相通。若濂溪之參佛印，明道之味華嚴，伊川之叩靈源，晦翁之從道謙，俱不可謂不取也。予近逐塵勞，時臨僕隸，未獲茗對高僧，榻移竹院，每取古詩吟之，亦自欣然。蓋未論至理，而一種清涼之味聊自得云。

秋夜獨坐

王　維

獨坐悲雙鬢，空堂欲二更。雨中山果落，燈下草蟲鳴。白髮終難變，黃金不可成。欲知除老病，唯有學無生。

登總持閣

岑參

高閣逼諸天，登臨近日邊。晴開萬井樹，愁看五陵煙。檻外低秦嶺，窗中小渭川。早知清浄理，常願奉金仙。

贈志疑上人

張祜

悟色身無染，觀空事不生。道心長日笑，覺路幾年行。片月山房静，孤雲海棹輕。願爲塵外契，一就智珠明。

歎白髮

王維

宿昔朱顔成暮齒，須臾白髮變垂髫。一生幾許傷心事，不向空門何處銷。

重過文上人院

李涉

南隨越鳥北燕鴻，松月三年別遠公。無限心中不平事，一宵清話又成空。

宿洌上人房

徐凝

浮生不定若蓬飄，林下真僧偶見招。覺後始知身是夢，更聞寒雨滴芭蕉。

遊龍門奉先寺

杜甫

已從招提遊，更宿招提境。陰壑生靈籟，月林散清影。天闕象緯逼，雲卧衣裳冷。欲覺聞晨鐘，令人發深省。

飯覆釜山僧

王維

晚知清淨理，日與人羣疏。將候遠山僧，先期歸弊廬。果從雲峰裏，顧我蓬蒿居。藉草飯松屑，焚香看道書。燃燈晝欲盡，鳴磬夜方初。一悟寂爲樂，此生閒有餘。思歸何必深，身世猶空虛。

晨詣超師院讀禪經〔一〕

柳宗元

汲井漱寒齒，清心拂塵服。閒持貝葉書，步出東齋讀。真源了無取，妄跡世所逐。遺言冀可冥，繕性何由熟？〔二〕道人庭宇静，苔色連深竹。日出霧露餘，青松如膏沐。〔三〕澹然離言説，悟悦心自足。〔四〕

【原評】

〔一〕《詩眼》云：「一段至誠潔浄之意，參然在前，本末、立意、遣詞，曲盡其妙，無毫髮遺恨耳。」

〔二〕《詩眼》云：「真妄以喻佛理，言行以盡薰修，此外亦無詞矣。」

〔三〕《詩眼》云：「此語能傳造化之妙。」

〔四〕《詩眼》云：「蓋言因指而見月，遺經而得道，於是終焉。」〇劉云：「妙處有不可言，然去淵明尚遠，是唐詩中轉换耳。」

【今校】

評語〔四〕「有不可言」，《唐詩品彙》卷十五作「言不可盡」。

與元丹丘方城寺談玄作

李　白

茫茫大夢中，惟獨我先覺。騰轉風火來，假合作容貌。滅除昏疑盡，領略入精要。澄慮觀此身，因得通寂照。朗悟前後際，始知金仙妙。幸逢禪居人，酌玉坐相召。彼我俱若喪，雲山豈殊調。清風生虛空，明月見談笑。怡然青蓮宮，永願恣遊眺。

【今校】

第十句「始」，《唐詩品彙》卷六作「姑」。

宿永陽寄璨律師

韋應物

遥知郡齋夜，凍雪封松竹。時有山僧來，懸燈獨自宿。〔一〕

【原評】

〔一〕劉云：「蘇州用意常在此等，故精鍊特勝，觸處自然。」

懷瑯琊深標二釋子

韋應物

白雲埋大壑，陰崖滴夜泉。應居西石室，月照山蒼然。

題終南翠微寺空上人房

孟浩然

翠微終南裏，雨後宜晚照。閉門久沉冥，杖策一登眺。遂造幽人室，始知静者妙。儒道雖異門，雲林頗同調。兩心喜相得，畢竟共談笑。暝還南窗眠，時見遠山燒。緬懷赤城標，更憶臨海嶠。風泉有清聽，何必蘇門嘯。〔一〕

【原評】

〔一〕不必刻深，懷抱如洗。

【今校】

評語前，《唐詩品彙》卷九有「劉云」二字。

尋香山湛上人

孟浩然

朝遊訪名山，山遠在空翠。氤氳亘百里，日入行始至。谷口聞鐘聲，林端識香氣。杖策尋故人，解鞍暫停騎。石門殊豁險，篁徑轉森邃。法侶欣相逢，清談曉不寐。平生慕真隱，累日探多異。野老朝入田，山僧暮歸寺。松泉多逸響，苔壁饒古意。願言投此山，身世兩相棄。

【今校】

「氤氳」，《唐詩品彙》卷九作「氛氳」。

秦中寄遠上人

孟浩然

一丘常欲卧，三徑苦無資。北土非吾願，東林懷我師。黄金燃桂盡，壯志逐年衰。日夕凉風至，聞蟬但益悲。〔一〕

【原評】

〔一〕非不經思，只是吐出。

【今校】

評語，《唐詩品彙》卷六十在第六句下，前有「劉云」二字。

旅遊

賈島

此心非一事，書札若爲傳。舊國別多日，故人無少年。〔一〕空巢霜葉落，疏牖水螢穿。留得林僧宿，中宵坐默然。

【原評】

〔一〕劉云：「短語，不可復道。」

【今校】

評語「劉」下，《唐詩品彙》卷六十八有「須溪」二字。

酬普選二上人期相會見寄

嚴維

本意宿東林，因聽子賤琴。遥知大小朗，已斷去來心。夜静溪聲近，庭寒月色深。寧知塵外意，定後更成吟。

七泉寺上方

王　建

長年好名山，本性今得從。回首塵跡遥，稍見麋鹿蹤。老僧雲中居，石門青重重。陰泉養成龜，古壁飛却龍。掃石禮新經，懸幡上高峯。日高猿鳥合，〔一〕覓食聽山鐘。將火尋遠泉，煮茶傍寒松。晚隨收藥人，便宿南澗中。〔二〕晨起銜露行，濕花枝茸茸。歸依向禪師，願作香火翁。

【原評】

〔一〕劉云：「好。」

〔二〕劉云：「自在。」

起度律師同居東齋院

韋應物

釋子喜相偶，幽林俱避喧。安居同僧夏，清夜諷道言。對閣景恒晏，步庭陰始繁。逍遥無一事，松風入南軒。〔一〕

【原評】

〔一〕語有仙風道骨。

過香積寺

王　維

不知香積寺，數里入雲峯。古木無人逕，深山何處鐘。泉聲咽危石，日色冷青松。薄暮空潭曲，安禪制毒龍。

禪室

柳宗元

發地結菁茆，團團抱虛白。山花落幽户，中有忘機客。〔一〕涉有本非取，照空不待析。萬籟俱緣生，窅然喧中寂。心境本同如，鳥飛無遺跡。

【原評】

〔一〕《筆墨閒録》云：「不觀名篇，知是禪室。」

贈江華長老江華，道州縣名。

柳宗元

老僧道機熟，默語心皆寂。去歲别春陵，沿流此投跡。室空無侍者，巾屨唯掛壁。一飯不願餘，跏趺便終夕。風窗疏竹響，露井寒松滴。偶地即安居，滿庭芳草積。

善福精舍示諸生

韋應物

湛湛嘉樹陰，清露夜景沉。悄然羣物寂，高閣似陰岑。方以玄默處，豈爲名跡侵。法妙不知歸，獨此抱沖襟。齋舍無餘物，陶器與單衾。諸生時列坐，共愛風滿林。〔一〕

【原評】

〔一〕甚有佳致可誦。

宿法華寺

嚴維

一夕雨沉沉，哀猿萬木吟。陰天龍護法，長老密看心。魚梵空山静，紗燈古殿深。無生已久學，白髮浪相侵。

齊一和尚影堂

劉長卿

一公住世忘世紛，暫來復去誰能分。身寄虛空如過客，心將生滅是浮雲。蕭散浮雲往不還，淒涼遺教没仍傳。舊地愁看雙樹在，空堂只是一燈懸。一燈長照恒河沙，雙樹猶落諸天花。天花寂寂香深殿，苔蘚蒼蒼閉虛院。昔余精念訪禪扉，常接微言清道機。今成寂寞無所得，惟共門人淚滿衣。

【今校】

「是浮雲」，《唐詩品彙》卷三十二作「似浮雲」。

夜宿靈臺寺寄郎士元

錢起

西日横山含碧空，東方吐月滿禪宫。朝瞻雙頂青冥上，夜宿諸天色界中。石潭倒映蓮花水，塔院空聞松柏風。萬里故人能尚爾，知君視聽我心同。

贈錢起秋夜宿靈臺寺見寄

郎士元

石林精舍武溪東，夜扣柴扉謁遠公。月在上方諸品静，心持半偈萬緣空。蒼苔古道行應遍，落木寒泉聽不窮。更憶雙峯最高頂，此心期與故人同。

【今校】

詩題，《英華》卷二百三十五作「酬王季友秋夜宿露臺寺見寄」。

縣内閒居贈温公

韋應物

滿郭春風嵐已昏，鴉栖吏散掩重門。雖居世網常清淨，夜對高僧無一言。

静法師東齋

王昌齡

築室在人境，遂得真隱情。春盡草木變，雨來池館清。琴書全雅道，視聽已無生。閉户脱三界，白雲自虚盈。

山居示靈徹上人

皎然

晴明路出山初暖，行踏青蕪看茗歸。乍削柳枝聊待札，時窺雲影學裁衣。身閒始覺隳名是，心了方知苦行非。物外寂中誰似我，松聲草色共忘機。

【今校】

「青蕪」，《唐詩品彙》卷九十作「春蕪」。

題崇福寺禪師院

崔峒

僧家竟何事，掃地與焚香。清磬度山翠，閒雲來竹房。身心塵外遠，歲月坐中忘。向晚禪堂掩，無人空夕陽。

題義公禪房

孟浩然

義公習禪寂，結宇依空林。户外一峯秀，堦前衆壑深。夕陽連雨足，空翠落庭陰。看取蓮花浄，方知不染心。

宿龍興寺

綦毋潛

香刹夜忘歸，松青古殿扉。燈明方丈室，珠繫比丘衣。白日傳心浄，青蓮喻法微。天花落不盡，處處鳥銜飛。

【今校】

《唐詩品彙》卷六十三「松青」作「松清」。

太白胡僧歌并序

岑參

太白中峰絶頂有胡僧，不知幾百歲，眉長數寸。身不製繒帛，衣以草葉。恒持《楞伽經》，雲壁迥絶，人迹罕到。嘗東峰有鬬虎，弱者將死，僧杖而解之。西湫有毒龍，久而爲患，僧器而貯之。商山趙叟前年採茯苓，深入太白，偶值此僧，訪我而説。余嘗有獨往之意，聞而悦之，乃爲歌曰：

聞有胡僧在太白，蘭若去天三百尺。一持《楞伽》入中峰，世人難見但聞鐘。窗邊錫杖解兩虎，牀下鉢盂藏一龍。草衣不針復不線，兩耳垂肩眉覆面。此僧年幾那得知，手種青松今十圍。心將流水同清浄，身與浮雲無是非。商山老人已曾值，願一見之何由得。山中有僧人不識，城裏看山空黛色。

長沙贈衡岳祝融峰般若禪師

劉長卿

般若公，般若公，負鉢何時下祝融。歸路却看飛鳥外，禪房空掩白雲中。桂花寥寥閒自落，流水無心西復東。

送勤照和尚往睢陽赴太守請

劉長卿

燃燈傳七祖，杖錫爲諸侯。去住雲無意，東西水自流。青山春滿目，白月夜隨舟。知到梁園下，蒼生賴此遊。

寄西峰僧

張　籍

松暗水涓涓，夜凉人未眠。西峯月猶在，遥憶草堂前。

秋山答盧鄴　僧良乂

風泉只向夢中聞，身外無餘可寄君。當户一輪唯曉月，挂簷數片是秋雲。

恩德寺　許渾

樓臺横復重，猶在半巖空。蘿洞淺深水，竹廊高下風。晴山疏雨後，秋樹斷雲中。未盡平生意，孤帆又向東。

懷贈武昌棲一　貫休

風清江上石，露灑月中砧。得句先呈佛，無人知此心。〔一〕

【原評】

〔一〕休每得句，云：「只堪供養佛。」

湖南蘭若

皎然

未到無爲岸，空憐不繫舟。東山白雲意，歲晚尚悠悠。〔一〕

【原評】

〔一〕悠悠害道。

宿禪智寺上方演大師院

崔峒

石林高幾許，金刹在中峯。白日空山梵，清霜後夜鐘。竹窗迴翠壁，苔徑入寒松。幸接無生法，疑心怯所從。〔一〕

【原評】

〔一〕惟疑乃怯王，請勿疑。

靈雲寺

司馬曙

春山古寺遶滄波，石磴盤空鳥道過。百丈金身開翠壁，萬龕燈焰隔煙蘿。雲生

客到侵衣濕，花落僧禪履地多。不與方袍同結社，下歸塵世竟如何。〔一〕

【原評】

〔一〕不曰「如之何」，末如之何矣。

遊南齋

韋應物

池上鳴佳禽，僧齋日幽寂。高林晚露清，紅藥無人摘。春水不生煙，荒岡筠翳石。不應朝夕遊，良爲蹉跎客。

同張深秀才華嚴寺

冷朝陽

同遊雲外寺，渡水入禪關。立掃窗前石，坐看池上山。有僧飛錫到，留客話松間。不是緣名利，好來長伴閒。

寄靈徹上人

張祜

老僧何處寺，秋夢遶江濱。獨樹月中鶴，孤舟雲外人。榮華長指世，衰病久觀身。應笑無成者，滄洲垂一綸。

【今校】

「世」，《唐詩品彙》卷六十七作「幻」。

月中雪居寺上方

温庭筠

虚閣披衣坐，空堦踏葉行。衆星中夜少，圓月上方明。靄盡無林色，喧餘有澗聲。祇應愁恨事，還逐曉光生。

送僧游宣城

皎然

楚山千里一僧行，念爾初緣道未成。莫向舒姑泉口泊，此時嗚咽易傷情。〔一〕

【原評】

〔一〕人生處世，舒姑之泉，滿耳皆是。若是初緣，當知方便，不可輕試於磨涅也。

送履上人還金陵

皎　然

攜錫西山步緑莎，禪心未了奈情何。湘宮水寺清秋夜，月落風悲松柏多。〔一〕

【原評】

〔一〕與前首意略同。

宿法華寺

皎　然

心與空林共杳冥，孤燈寒竹自熒熒。不知何處小乘客，一夜風來聞誦經。

題僧壁

韋　蟾

一竹横簷掛浄巾，竈無煙火地無塵。剃頭未必知心法，要且閒於名利人。

和前

段成式

有僧支頰撚眉毫，起就夕陽磨剃刀。到此既知閒處樂，俗心何啻九牛毛。

贈僧

杜荀鶴

利門名路兩何憑，百歲風前短焰燈。只恐爲僧心不了，爲僧心了總輸僧。

詣順公問道

耿煒

此身知是妄，遠遠詣支公。何法住持後，能逃生死中。秋苔經古徑，籜葉滿疏叢。方便如開誘，南宗與北宗。

送重鈞上人遊天台

皎然

漸看華頂出，幽賞意隨生。十里行松色，千重過水聲。海容雲正盡，山色雨初晴。事事將心證，知君道可成。

題山僧院

張喬

谿路曾來日，年多與舊同。地寒松影裏，僧老磬聲中。遠水清風落，閒雲別院通。心源若無礙，何必更論空。

宿澄泉蘭若

鄭谷

山半古招提，空林雪月迷。亂流分石上，斜漢在松西。雲集寒菴宿，猿先曉磬啼。此心如了了，祇此是曹溪。

玄門

三教之稱久矣。一稱爲三，遂不勝分別，而入主出奴，無能相用。夫以小乘見解，非惟三教不同，即一教之中，差殊不少。若最上究竟，則教未有不本心者，非心則非教矣。教既惟心，高皇帝曰：「聖人無兩心。」其有三乎？辟之水，金貯、銀貯、瓦貯，器不同而水同。辟之火，取槐、取柳、取榆，木不同而火同。不認器而認水，不認木而認火，則何道不足相資，而何門不堪遊戲也？是以吾于詩詠禪門，而玄門亦不廢焉。

同題仙遊觀

韓翃

仙臺初見五城樓，風物凄凄宿雨收。山色遥連秦樹晚，砧聲近報漢宫秋。疏松影落空壇静，細草春香小洞幽。何用别尋方外去，人間亦自有丹丘。〔一〕

【原評】

〔一〕夫知不用别尋而人間自有，則於大道幾矣！

東還

李商隱

自是仙才自不知，十年長夢採華芝。秋風動地黄雲暮，歸去嵩陽尋舊師。〔一〕

【原評】

〔一〕自身本是仙才，自不知，反去他尋。夢想採芝絶世之事，蹉跎十年久矣！暮年始覺，回頭皈依舊師，反求自身，所謂歸而求之有餘者也。義山其有所悟入也哉！

宿西山修下元齋詠

于鵠

幽人在何處，松檜深冥冥。西峯望紫雲，知有安期生。沐浴溪水暖，新衣禮仙名。脱履入静堂，遶像隨禮行。碧紗籠寒燈，長幡綴金鈴。林下聽法人，起聞枯葉聲。啓奏修律儀，天曙山鳥鳴。分行布菅茅，列坐滿中庭。持齋候撞鐘，玉函散寶經。焚香開卷時，照耀金室明。投簡石洞深，稱過上帝靈。學道能苦心，自古無不成。〔一〕

【原評】

〔一〕末二句與之決定，此是實理，非其識力具到，不能如是信得，及于鵠隱居漢陽，應辟而起，非無得者也。

【今校】

《唐詩品彙》卷十九第十二句「起聞」作「起踐」。第十五句「菅茅」原作「管芳」，據《唐詩品彙》改。

感遇

陳子昂

市人矜巧智，於道若童蒙。傾奪相誇侈，不知身所終。曷見玄冥一作玄真。子，觀世玉壺中。杳然遺天地，乘化入無窮。〔一〕

【原評】

〔一〕劉云：「觀世玉壺，是其創自有見。『乘化入無窮』，又別。」

【今校】

此在《唐詩品彙》卷三所録《感遇三十六首》其四。

感遇

陳子昂

深居觀元化，悱然争朵頤。羣動相啖食，利害紛噬噬。便便夸毘子，榮耀更相持。務光讓天下，商賈競刀錐。已矣行采芝，萬世同一時。〔一〕

【原評】

〔一〕拾遺非特一代文宗，實蟬蜕塵埃之外者也。

【今校】

此在《唐詩品彙》卷三所録《感遇三十六首》其二十。

古風

李白

世道日交喪，澆風散淳源。不採芳桂枝，反棲惡木根。所以桃李樹，吐花竟不

言。〔一〕大運有興没，羣動争飛奔。歸來廣成子，去入無窮門。〔二〕

【原評】

〔一〕劉云：「十字不知何從出。下辨其説，謂出於『成蹊』，又淺淺知言者也。」

〔二〕劉云：「結得更超。」○蕭云：「此篇見世道如此，決意爲有道者之歸。」

【今校】

此爲《唐詩品彙》卷四所選李白《古風三十二首》其十八。

古風

李 白

太白何蒼蒼，星辰上森列。去天三百里，邈爾與世絶。中有緑髮翁，披雲卧松雪。不笑亦不語，冥棲在巖穴。我來逢真人，長跪問寶訣。粲然啓玉齒，授以鍊藥説。銘骨傳其語，竦身已電滅。仰望不可及，蒼然五情熱。吾將營丹砂，永與世人別。〔一〕

【原評】

〔一〕蕭云：「白少遇司馬承禎，謂其有仙風道骨，可與學仙。此詩非泛然之作。」

【今校】

此爲《唐詩品彙》所選李白《古風三十二首》其五。

古風

李　白

黄河走東溟，白日落西海。逝川與流光，飄忽不相待。春容捨我去，秋髮已衰改，人生非寒松。年貌豈長在。吾當乘雲螭，吸景駐光彩。〔一〕

【原評】

〔一〕蕭云：「此篇欲學仙而離世，其見趣又出乎流俗矣。」

【今校】

此爲《唐詩品彙》所選李白《古風三十二首》其九。

古風

李　白

秦皇掃六合，虎視何雄哉！飛劍決浮雲，諸侯盡西來。明斷自天啓，大略駕羣才。收兵鑄金人，函谷正東開。銘功會稽嶺，騁望瑯琊臺。刑徒七十萬，起土驪山限。尚采不死藥，茫然使心哀。連弩射海魚，長鯨正崔嵬。額鼻象五岳，揚波噴雲雷。鬐鬣蔽青天，何由覩蓬萊。徐市載秦女，樓船幾時迴。但見三泉下，金棺葬寒灰。〔一〕

【原評】

〔一〕蕭云：「白意若曰仙者自然無爲而化，秦皇之所爲，宜其卒爲方士所欺，而不免於死也。後之爲人君而好神仙者，亦可以鑒矣！」

【今校】

此爲《唐詩品彙》所選李白《古風三十二首》其三。「揚波」，原作「楊波」，據《唐詩品彙》改。

古風

李　白

周穆八荒意，漢高萬乘尊。淫樂心不極，雄豪安足論。西海宴王母，北宮邀上元。瑤水聞遺歌，玉杯竟空言。靈跡成蔓草，徒悲千載魂。〔一〕

【原評】

〔一〕蕭云：「此篇蓋有諷乎明皇好神仙之事耳。」

〔總〕謫仙遊仙之人，而其譏刺秦皇、漢武之言如此，則其所以學仙者，自有道矣。昔漢武帝東至海上，欲自浮海求蓬萊，群臣諫莫能止。東方朔曰：「夫仙者，得之自然，不必躁求。若其有道，不憂不得；若其無道，雖至蓬萊見仙人，亦無益也。臣願陛下第還宮，静處以須之，仙人將自至。」上乃還。夫以謫仙之身學仙而不言有，以曼倩之諫求仙而不言無，吾是以知謫仙、曼倩之爲至人也與！

【今校】

此爲《唐詩品彙》所選李白《古風三十二首》其二十八。

總評「必躁」二字，底本模糊不清，據《資治通鑑》卷二十補。

經古觀有感

李　中

古觀寥寥枕碧溪，偶思前事立殘暉。漆園化蝶名空在，柱史猶龍去不歸。丹井泉枯苔鎖合，醮壇松老鶴來稀。回頭因歎浮生事，夢裏光陰疾若飛。

宿王尊師居

于　鵠

夜愛雲林好，寒天月裏行。青牛眠樹影，白犬吠猿聲。一磬山院静，千燈溪路明。從來此峯客，幾箇得長生。

題萬道人房

張　祜

何處開禪壁，西山江上峯。殘陽過遠水，落葉滿疏鐘。世事静中去，道心塵外逢。欲知情不動，牀下虎留蹤。

【今校】

《唐詩品彙》卷六十七，詩題「房」上有「禪」字，「開」作「聞」，「山」作「南」。

題茅山李尊師山居

秦　系

天尊百歲少如童，不到山中竟不逢。洗藥每臨新瀑水，步虚時上最高峰。籬間五月留殘雪，石上千年蔭怪松。此去人寰今遠近，回看雲壑一重重。

酧暢當嵩山尋麻道士見寄

盧　綸

聞逐樵夫閒看碁，忽逢人世是秦時。開雲種玉嫌山淺，渡海傳書怪鶴遲。陰洞石幢微有字〔一〕，古壇松樹半無枝。煩君遠示青囊録，願得相從一問師。

【原評】

〔一〕劉云：「好。」

【今校】

「逐」原作「遂」，據《唐詩品彙》卷八十六、《全唐詩》卷二百一改。

送楊山人歸嵩山

李 白

我有萬古宅，嵩陽玉女峯。長留一片月，挂在東溪松。〔一〕爾去掇仙草，菖蒲花紫茸。歲晚或相訪，青天騎白龍。

【原評】

〔一〕劉云：「超然天地間，可以不死，豈獨不經人道哉！」

訪隱者不遇

高 駢

落花流水認天台，半醉閒吟獨自來。惆悵仙翁何處去，滿庭紅杏碧桃開。

訪戴天山道士不遇

李　白

犬吠水聲中，桃花帶雨濃。樹深時見鹿，溪午不聞鐘。野竹分青靄，飛泉掛碧峯。無人知所去，愁倚兩三松。

桃源行送友人

無名氏

武陵川徑入幽遐，中有雞犬秦人家，家傍流水多桃花。桃花兩邊種來久，流水一道何時有。垂條落蕊暗春風，夾岸芳菲至山口。歲歲年年能寂寥，林下青苔日爲厚。時有仙鳥來銜花，曾無世人此携手。可憐不知若爲名，君往從之多所更。古驛荒橋平路盡，崩湍怪石小溪行。相見維舟登覽處，紅堤緑岸宛然成。多君此去從仙隱，令人晚節悔營營。

求仙行

張　籍

漢皇欲作飛仙子，年年採藥東海裏。蓬萊無路海無邊，方士舟中相枕死。招摇在天囚白日，甘泉玉樹無仙實。九皇真人終不下，空向離宫祠太乙。丹田有氣凝素華，君能保之昇絳霞。

步虚詞三首

吴　筠

扶桑誕初景，羽蓋凌晨霞。倏欻起西域，嬉遊金母家。瓊津湛洪源，灼爍敷荷花。煌煌青琳宫，璨璨列玉華。真氣溢絳府，自然思無邪。俯矜區中士，夭濁良可嗟。

【今校】

「瓊」，《唐詩品彙》卷二十三作「碧」。

二

瓊臺劫萬仞，孤映大羅表。常有三素雲，凝光自飛遶。羽童泛明霞，升降何縹渺。鸞鳳嘯雅音，栖翔絳林杪。玉虚無晝夜，靈景何皎皎。一覩太上京，方知衆天小。

三

二氣播萬有，化機無停輪。而我操其端，乃能出陶鈞。寥寥大漠上，所遇皆清真。澄瑩含元和，氣同自相親。絳樹結丹實，紫霞流碧津。以茲保童嬰，永用超形神。

附録一　邵康節、楊慈湖先生詩抄

邵楊二先生詩引

子程子之言曰："人有篤學力行而不知道者。"夫篤學力行以求道，至矣。而猶云有所不知，舍篤學力行外，道何有乎？就篤學力行中，道何指乎？人而不爲性命則已，若真實爲己性命，未有不於此起疑情，不於此求決了，而肯自冥然悍然而遂已者也。自古千聖相傳，只此秘密之旨，而《周易》一經，宣洩爲詳；《論》《孟》《學》《庸》中，若所謂"朝聞夕死"，行著習察飲食知味等，皆已剖破端倪，示使知歸，而無奈學者以意識承當訓詁抹過，間有微辭奥語，與聖經相發明者，則推而拒之。於禪曰："異教中語也。"不肯一加紬繹。此譬如人饑餓欲死，美食在前，特以其命名之異，而棄置弗餐，甘爲溝中之瘠，可謂真實爲性命者哉？近讀康節、慈湖二先生詩，其語彌似禪，而其旨彌徹。因爲摘揭各數十首，以附《微機》之後。學者讀此，莫問是禪非禪，一味起疑，信參求既久，有日醒然，庶幾謂之知道，而可以不虛此生。不然，雖使篤學力行，亦爲徒然而已，而況其下者？孟曰「哀哉」，孔曰「未如之何」，皆以歎息，是人人宜自惜。東越周汝登撰。

漢唐亡論矣。宋儒悟入心宗，妙脱言解。如邵、楊兩先生，罕覯其匹。蓋康節之語，洞達痛快；慈湖之語，警悟了徹。海門之揭，明白直捷。總之，單提人心以示人，使人讀之躍然而輒有觸，轉思而轉不能自已。勿作尋常文字觀也。新安胡正言識。

邵康節先生詩抄

高竹

高竹百餘挺，固知爲予生。忽忽有所得，時時閒遶行。自信或未至，自知或未明。竊比於古人，不能無愧情。

【原評】

高竹何以爲予生，忽忽果何所得耶？「時時閒遶行」，正是自信之至，自知之明處。千古聖人，具同此竅。不然，印證不過，慚愧攸生。

【今校】

《伊川擊壤集》卷一此題有八首，此其一。

秋遊

九月風光雖已暮，中州景物未全衰。眼觀秋色千萬里，手把黄花三兩枝。美酒易消閒歲月，青銅休照老容儀。若言必使他人信，瀝盡丹誠誰肯知。

【原評】

前六句豈是閒鋪敘，且道信箇甚麽？「肯」字極妙，不是不能，只是不肯。

【今校】

《伊川擊壤集》卷二同題有六首，此其五。

天宫小閣倚欄

六尺殘軀病復羸，况堪日日更添衰。滿懷可惜精明處，一語未能分付時。沙裏有金然索揀，石中韞玉奈何疑。此情牢落西風暮，倚遍欄干人不知。

【原評】

滿懷精明者，自心歷歷，默契而已。一語未能分付，無可下語也。雖然，鴉鳴鵲噪、木緑山青，時時處處，無不精明，無非分付，而人不領也。沙裏金，石中玉，所謂自家無盡藏，無奈包裹得深，不揀亦無由見。「疑」字，説盡人之蔽處，只自疑自怯，所以終身埋没。

風吹木葉

風吹木葉不吹根，慎勿將根苦自陳。天子舊都閒好住，聖人餘事冗休論。長年國裏神僊侶，安樂窩中富貴人。萬水千山行已遍，歸來認得自家身。

【原評】

且道自家身如何認，力用參求。自家身，如何可不認？大須著緊。

【今校】

詩題，《伊川擊壤集》卷七作「風吹木葉吟」，小字注：「熙寧三年。」

閒行吟

投吴走越覓青天，殊不知天在眼前。開眼見時猶有病，舉頭尋處更無緣。顔淵正在如愚日，孟子方當不動年。安得工夫遊寶肆，愛人珠貝重憂錢。

【原評】

首四句滿盤托出，更舉顔淵、孟子作箇樣子。末二句，如陽明云：「抛卻自家無盡藏，沿門持鉢效貧兒。」猶是投吴走越之見。

【今校】

《伊川擊壤集》卷七同題有三首，此其二。

逍遥吟

吾道本來平，人多不肯行。得心無後味，失脚有深坑。若未通天地，焉能了死生？向其間一事，須是自誠明。

【原評】

程子曰：「今人在覆載中，卻不知天地。」「通天地」者，誰耶？「了死生」，是禪語，康節何曾迴避來？「向其間一事」，畢竟是甚事，亦無第二件，須自誠明，不可說，不可傳也。

其二

何處感人深，求之無處尋。兩儀常在手，萬化不關心。石裏時藏玉，沙中屢得金。分明難理會，須索入沉吟。

【原評】

首二句「無聲無臭」之旨，雖無處尋，而兩儀常在手。雖常在手，而實不關心。不關心，斯常在手。常在手，又何用尋耶？顧人有至寶蔽在形骸。石裏玉，沙中金，本自分明，卻難理會，須索參究。參究者，尋此無處尋者，真能不關心，實知常在手而已。沉吟者，參究之謂。

【今校】

《伊川擊壤集》卷七同題有四首，此其一、其四。第一首「後味」，《擊壤集》作「厚味」，第二首「何處」，《擊壤集》作「何事」。

偶得吟

相去一毛間，千山復萬山。雖能忘寢食，未肯去機關。不是責人備，奈何開口難。天心况非遠，既遠遂無還。

【原評】

劈空説起，不知是什麽。凡以思量擬議求者，皆機關也。雖廢寢食，何益之有？欲以「去機關」語人，開口實難，不是求備於人而不言。然開口雖難，天心非遠。果遠，宜無還，欲仁斯仁，實自不遠。

寄亳州秦伯鎮兵部

天心復處是無心，心到無時無處尋。若謂無心便無事，水中何故却生金。

【原評】

天心復處，只是無心，無心便是天心。尋箇無心，便是有心。心而無心，事而無事，不是斷滅枯槁之謂。若云無心便無事，則水本自静，而何故寶藏生焉也哉？

【今校】

《伊川擊壤集》卷八同題有六首，此其五。

問春

三月春歸留不住，春歸春意難分付。凡言歸者必歸家，爲問春家在何處？

【原評】

萬法歸一，一歸何處？即此意。今語以話頭，則病其爲禪。而春歸何處？請從邵子之言參之。

【今校】

《伊川擊壤集》卷八同題有三首，此其一。

知識吟

目見之謂識，耳聞之謂知。奈何知與識，天下亦常稀。

【原評】

人人有目，人人有耳。人人能見，人人能聞。何以知稀識稀，此是入悟之門。

偶書

堪笑又堪嗟，人生果若何？宜將萬端事，都入一聲歌。世態逾翻掌，年光劇逝波。静中真氣味，所得不勝多。

【原評】

笑箇甚麽，嗟箇甚麽，人生畢竟若何？於此最宜儆醒。萬端事入一聲歌，且道這一聲歌，誰能開口？「世態」二句，正「人生果若何」？處静中所得，與古語「世人愛黄金，我愛刹那静。金多亂人心，静見真如性」意同。然須勘破人生，若何始得？

晨起

山高水復深，無計奈而今。地盡一時事，天開萬古心。輕煙籠曉閣，微雨散青林。此景雖平淡，人間何處尋？

【原評】

「而今」「此景」，俱當下語。了卻當下，更無餘事。

【今校】

「而今」，《伊川擊壤集》卷三作「如今」。

自古吟

自古大聖人，猶以爲難事。而況後世人，豈更便能至。求之不勝難，得之至容易。千人萬人心，一人之心是。

【原評】

又是劈空說起，言難不難，言易不易，所謂中道而立。一人之心雖是也，要曉如何是心。

秋懷

清湍文鴛鴦，寒潭繡鸂鶒。長天浄如水，不廢秋江碧。男子一寸心，壯士萬夫敵。菡萏香風中，扁舟會相憶。

【原評】

劉須溪云：「妙詩不必可解。」此論詩而詩者猶然，況詩而非詩者乎？應須神解，未可言求。

【今校】

《伊川擊壤集》卷三同題有三十六首，此其五。

其二

明月生海心，涼風起天末。物象自呈露，襟懷驟披豁。悟盡周孔道，解開仁義結。禮法本防姦，豈爲吾曹設。

【原評】

「悟」字喫緊。解仁義之結，超禮法之防，得無驚破拘儒之膽乎？夫此仁義禮法，本周孔之道，何以未盡周孔之道，而必待悟耶？知明月清風之呈露，始於此無疑。此等襟懷，難與蕩檢者道也。

【今校】

此《秋懷三十六首》其三。「周孔道」，《擊壤集》作「周孔權」。

其三

疏雨滴高桐，微風挼弱柳。此景歲歲同，世人自白首。俗慮易縈仍，塵襟難抖搜。浮生已夢中，其間强爲有。

【原評】

如浮生是夢中，則此景夢也，白首夢也，俗慮塵襟亦夢也。而强執爲有，此所以沉迷而不返。雖然，做夢者誰，大須省悟。

【今校】

此《秋懷三十六首》其四。「高桐」，《擊壤集》作「高梧」。

其四

甘瓜青如藍，紅桃鮮若血。不忍以手拈，而况用齒齧。其色已可愛，其味又更絶。食此無珍言，哀哉口與舌。

【原評】

康節每言石中玉、沙中金，既已揀得，則所見無非金玉，對之自然贊美。衆人一般口啗著、手拈著，而精光不露，辜負多矣，豈不哀哉？

【今校】

此《秋懷三十六首》其七。

其五

青蕉葉披敷，碧蘆枝偃亞。風雨蕭蕭天，更漏沉沉夜。彼物固無嫌，此情又何訝。但念征路人，天涯尚留掛。

【原評】

此景淒涼不自言，可嫌我情自動耳。流落飄零，易爲傷感，其知歸乎？

【今校】

此《秋懷三十六首》其十一。

其六

淡煙羃疏林，輕風裊寒雨。日暮人已歸，羣鷄猶啄黍。此心固不動，此事極難處。一言以蔽之，尚恐費言語。

【原評】

鏡裏看形見不難，水中捉月争拈得。

【今校】

此《秋懷三十六首》其十二。「淡煙」，《擊壤集》作「淺煙」。

其七

惟南有美橘，惟北有美栗。厥包或頗同，厥味信不一。天地豈無情，草木皆有實。物本不負人，人自負於物。

【原評】

厥味不一，我辨之也。天地草木，以情實示人，普現在前也。昔忠國師一日三喚侍者，侍者應諾，如是三喚三諾。師曰：「將謂我孤負汝，卻是汝孤負吾。」

【今校】

此《秋懷三十六首》其二十七。

再答王宣徽

自有吾儒樂，人多不肯循。以禪爲樂事，又起一重塵。

【原評】

佛之一字不喜聞，何禪之足云？欲悟此事者，須尋樂處。不知吾儒之樂，而漫言禪是塵者，又是狂人漫罵。

其二

大達誠無礙，人人自有家。假花猶入念，何者謂真花。

【原評】

謂無礙則已掃前語，但要認得家。認得家，就是識得真花。禪是假花耳，蓋黄葉止兒啼，禪亦自説是假。

依韻和宋都官惠椶拂子

洛邑從來號別都，能容無狀久安居。衆蚊多少成雷處，一拂何由議掃除。

【原評】

一拂便了，必議掃除，着甚來由？昔有人暑夜苦蚊，言：「安得盡除之乎？」有醫者云：「不可，若盡除了，吾藥籠中少卻夜明沙！」此言雖戲，意亦自長。

傷心行

不知何鐵打成針，一打成針只刺心。料得人心不過寸，刺時須刺十分深。

【原評】

自鐵自打，自針自刺，自心自受，自繩自縛，自鬼自怕，必須自省自悟。

和張子望洛城觀花

造化從來不負人，萬般紅紫見天真。滿城車馬空撩亂，未必逢春便得春。

【原評】

紅紫是花，見紅紫是眼。天真何在？花耶眼耶？逢春得春矣。百花未吐，萬木凋零，何逢何得？造化雖不負人，卻能惑亂人也。仔細參尋。

聞少華崩

變化無蹤倏忽間，力迴天地不爲難。若教施展巨靈手，豈止軒騰少華山。六社居民皆覆没，九泉磐石盡飛飜。葛藑一句能收采，堯舜之時自可攀。

【原評】

盡皆實事，不是空言。豈特康節？人人有分。

【今校】

《伊川擊壤集》卷九，「施展」作「舒展」，「葛」作「芻」。

後園即事

天養疏慵自有方，洛城分得水雲鄉。不聞世上風波險，但見壺中日月長。一局閒棋留野客，數杯醇酒面修篁。物情悟了都無事，未學顏淵已坐忘。

【原評】

悟了都自無事，坐忘學不得的。此老既云「無事」，「閒碁」、「醇酒」、「野客」、「修篁」獨非事乎？既云「坐忘」，「世上」、「壺中」、「風波」、「日月」何不一切俱忘乎？大是好笑，須悟始明。

樂物吟

日月星辰天之明，耳目口鼻人之靈。皇王帝霸由之生，天意不遠人之情。飛走草木類既别，士農工商品自成。安得歲豐時長平，樂與萬物同其榮。

【原評】

皇王帝霸，世界汙隆，而天之明、人之靈，萬古如故。類之别、品之成，一毫不移。但得歲豐時泰，與物同榮，則樂甚矣，不用安排造作也。歲豐時平，亦只人情和豫處，便是不取必，於天自不能外。

辛酸吟

辛酸既不爲中味，商徵如何是正音。舉世未能分曲直，使誰爲主主心平。

【原評】

辛時辛宜，酸時酸宜，以何味爲中？商須徵和，徵須商和，以何音爲正？此中曲直，舉世誰能分剖？主之惟心，心平自見。然心每不平，又使誰爲主而主此心平也？説有主中之主，是頭上安頭；説無主中之主，則認奴作郎。先生之旨微矣。

天津

了生始可言常事，知性方能議大猷。只此長川無晝夜，爲誰驅逼向東流？

【原評】

「了生」「知性」是大頭腦，然欲了欲知，但看長川爲誰驅逼而流。知長川，則無不知、無不了矣。「爲誰」二字，緊追莫輕覷。

【今校】

《伊川擊壤集》卷四題「天津感事」，有二十六首，此其二十六。

和吴沖卿省副見贈

非有非無是祖鄉，都來相去一毫芒。人人可到我未到，物物不妨誰與妨。失即肝脾爲楚越，得之藜藿是膏粱。一言千古難知處，妙用仍須看吕梁。

【原評】

首句非禪語乎？俗儒只識兒孫，不識父祖，故示之祖鄉。人人可到，而我未之到，不干人事。物物不妨，而誰與之妨？不干物事。孔子觀於吕梁：「逝者如斯。」是不可言、不可知之妙也。

林下吟

老年軀體索温存，安樂窩中别有春。萬事去心閒偃仰，四肢由我任舒伸。庭花盛處凉鋪簟，簷雪飛時軟布裀。誰道山翁拙於用，也能康濟自家身。

【原評】

神通妙用，色色具足。康濟自身，則康濟蒼生。不能外，非自了而已也。

【今校】

《伊川擊壤集》卷八同題有五首，此其二。

林下局事吟

閒人亦也有官守，官守一身四事有。一事承曉露看花，一事迎晚風觀柳。一事對皓月吟詩，一事留佳賓飲酒。從事于兹二十年，欲求同列誰能否。

【原評】莫道此老閒過日子，然此容易事，卒無有同做者，何哉？有一正經事，不曾勘破故耳。雖然，也不離四事外，别有正經，又不可將四事便作正經，須參須參！

春色

去歲春歸留不住，今年春色來何處。洛陽處處是桃源，小車漸轉東街去。

【原評】真得孔顔之樂，蔬食飲水，簞瓢陋巷，可矣。煩惱不能自遣者，可將此詩誦千過，當自超然泰然。

天宫小閣納凉

小閣清風豈易當，一般清味共羲皇。洛陽有客不知姓，二十年來享此凉。

【原評】

當得清風，便足承當此事。生生受享不盡。

【今校】

《伊川擊壤集》卷四同題有三首，此其三。

天聽吟

天聽寂無音，蒼蒼何處尋。非高亦非遠，都只是人心。

【原評】

程子云：「釋氏本心。」今康節亦無不本心。康節如此話頭，不一而足。

夢中吟

夢中說夢猶能憶，夢覺夢中還又隔。今日恩光空喜歡，當年意愛難尋覓。水成流處豈無聲，花到謝時安有色。過此相逢陌路人，都如元未曾相識。

【原評】

題云「夢中吟」，皆即今寤時事也。莫作兩樣會，莫作追言會。

【今校】

《伊川擊壤集》卷三題下注：「三鄉道中作。」

人生一世吟

前有億萬年，後有億萬世。中間一百年，做得幾何事。又況人之壽，幾人能百歲。如何不喜歡，强自生憔悴。

【原評】

此人人能知，人人不能知也。或問：「道之大本？」程子曰：「就五倫上行，樂處便是。」「然怎生地樂？」「勉强樂不得。須是知得了，方能樂得。然則人欲喜歡，還先求知耳。」

三惑

老而不歇是一惑，安而不樂是二惑。閒而不清是三惑，三者之惑自戕賊。

【原評】

三惑，只是首句「歇」字要緊。知歇，則安樂清閒，不待言矣。「自戕賊」，「自」字最妙。

四喜

一喜長年爲壽域，二喜豐年爲樂國。三喜清閒爲福德，四喜安康爲福力。

【原評】

《壇經》以浄土歸之自心，以功德歸之自性，與此意同。舍見在而别言壽域，别言樂國，别言福德、福力，謂之外道。

仁聖吟

盡道之謂聖，如天之謂仁。如何仁與聖，天下莫敢倫。

【原評】

道者，路也。徐徐翼趨，步步踏着，不起疑畏，便是盡道。天者，自然也。不學不慮，孩提已能。只如此去，便是如天仁聖，何難而謂莫敢倫哉？

南園晚步思亡弟

南園之南草如茵，迎風晚步清無塵。不得與爾同歡欣，又疑天上有飛雲。一片世間來作人，飄來飄去殊無因。

【原評】

「游魂爲變」，《易》有之。此借飛雲以言遊魂，明白是説輪迴，不必別解諱之。

極論

下有黄泉上有天，人人許住百來年。還知虛過死萬遍，却似不曾生一般。要識明珠須巨海，如求良玉必名山。先能了盡世間事，然後方言出世間。

【原評】

人只有一死，而此言死萬遍，却是何故？意可知已。古詩云：「此身不向今生度，更向何生度此身。」較此二句，可有異乎？巨海名山，即指世間，要明白此事，須從塵勞中打出，出世不離世間也。他日又云「雖居人世上，卻是出人間」，觀此則「先」「後」二字，亦不可泥。康節每言出世，俱不避禪，而後儒强爲出脱。夫出世即世間，何出脱爲哉？

【今校】

《伊川擊壤集》卷十四「却似」作「都似」。

書皇極經世後

樸散人道立，法始乎羲皇。歲月易遷革，書傳難考詳。二帝啟禪讓，三王正紀綱。五霸仗形勝，七國争强梁。兩漢驤龍鳳，三分走虎狼。西晉擅風流，群兇來北荒。東晉事清芬，傳馨宋齊梁。逮陳不足算，江表成悲傷。後魏乘晉弊，掃除幾小康。遷洛未甚久，旋聞東西將。北齊舉爝火，後周馳星光。隋能一統之，駕福於巨唐。五代如傳舍，天下徒擾攘。不有真主出，何由奠中央。一萬里區宇，四千年興亡。五百主肇位，七十國開疆。或混同六合，或控制一方。或創業先後，或垂祚短長。或奮于將墜，或奪于已昌。或災興無妄，或福會不祥。或患生藩屏，或難起蕭墻。或病由唇齒，或疾亟膏肓。談笑萌事端，酒食開戰場。情慾之一發，利害之相戕。劇力恣吞噬，無涯罹禍殃。山川纔表裏，丘壠又荒凉。荆棘除難盡，芝蘭種未芳。龍蛇走平地，玉石碎崑岡。善説稱周孔，能齊是老莊。奈何言已病，安得意都忘。

【原評】

上下數千年，如觀掌文。「一萬里」數句，包羅悲壯，無限感慨。古今不過如此，亦可知矣。古今何以如此，誰則知之？末四語，深言密旨，悟之者，如瞽豁空青，如夢回清磬，如雪消赫日，如煙散晴空，可以坦然超然於宇宙間矣。

【今校】

《伊川擊壤集》卷八，「五霸」作「五伯」，「强梁」作「强良」，「善説」作「善設」。

楊慈湖先生詩抄

石魚樓

多謝天工意已勤，四時换樣示吾人。碧桃丹杏分明了，緑艾紅榴次第陳。秋雁聲中休鹵莽，雪梅枝上莫因循。機關踏著元非彼，正是吾家固有身。

【原評】

眼前萬象皆吾心，無有一物與吾對待，故曰「元非彼」「固有身」。「天工」者，吾之天工也，「示吾人」者，自證自契也。康節云「索沉吟」，此云「休鹵莽」、「莫因循」，懇懇爲人，一也。

其二

箇裏包坤更括乾，精神微動便紛然。桃紅柳緑春無迹，魚躍鳶飛妙不傳。麥浪豈緣風袞袞，荷珠不爲露涓涓。分明是了何言否，此事難容鄭氏箋。

【原評】

此箇乾坤俱在裏，許自生自行，動念即乖矣。桃紅柳緑，箇裏之春意也，而春不可覩；鳶飛魚躍，箇裏之妙用也，而妙不可宣。麥浪非風，荷珠非露，即所謂「非風動，非旛動」之義也。「分明是了何言否」，只是不肯承當。此事雖在己，難容知識，而況可容鄭氏之箋乎？由此而言，鄭氏之箋經，去真經遠矣。

【今校】

「麥浪」，《慈湖遺書》作「菱浪」。

遊樂平明巖

西風吹作明巖去，石屋高虚滴如乳。是誰不是洞中僊，無人自信吾爲主。

【原評】明巖、石屋，乘風遊賞，誰不是洞中之僊？特人不肯自信爲主耳。雖然，未到明巖時，此巖誰主也？須着落。

嘉泰昭陽大淵獻築室董孝君祠之西下有湖焉某曰溪以董君慈孝而得名縣又以是名則是湖宜亦以慈名作詩曰

惜也天然一段奇，如何萬古罕人知。只今煙水平軒檻，觸目無非是孝慈。

其二

惜也天然一段奇，如何萬古罕人知。只今弄月吟風處，孔子明言是孝慈。

其三

惜也天然一段奇，如何萬古罕人知。只今山色連深翠，孔子明言是孝慈。

【原評】

人以孝慈爲孝慈，則未遇親、未使衆時，孝慈豈遂無耶？惟其如此，所以山自山、水自水，風月自風月，吟弄自吟弄，與孝慈看作兩截。豈惟兩截？天下事事物物，皆百雜碎矣。慈湖看成一片，是悟後之談。學人實欲理會，但看知孝知慈，知山水，知風月，知吟知弄者是誰？雖然，也是量度，須親見始得。

又前題

惜也天然一段奇，如何萬古罕人知。只今步步雲生足，底用思爲底用疑。

其二

惜也天然一段奇，如何萬古罕人知。只今講學從遊地，一聽思爲一聽疑。

其三

惜也天然一段奇，如何萬古罕人知。慇懃爲語從遊子，孰是思爲孰是疑。

【原評】初言不用思爲不用疑，次言不妨思爲不妨疑，末言何爲思爲何爲疑，則亦何爲不思爲何爲不疑。初言體，次言用，末則體用俱融，愈密愈圓矣。

偶作

此道原來即是心，人人抛却去求深。不知求却翻成外，若是吾心底用尋。

【原評】此直截根宗，分明指示。

其二

誰省吾心即是仁，荷他先哲爲人深。分明説了猶疑在，更問如何是本心。

【原評】

直截處，人每承當不及，雖先哲分明指示，而猶問如何，如身在京師，卻詢長安在何處也。

其三

若問如何是此心，能思能索又能尋。汝心底用他人說，只是尋常用底心。

【原評】

尋常用底固是，然不用時心在何處？須於此覷捕得出。

其四

此心用處没蹤由，擬待思量自討愁。但只事親兼事長，只如此去莫回頭。

【原評】

上言「尋常用底」，而此言「用處没蹤由」；上言「能思能索」，而此言「思量自討愁」，於此須徹。不然，未免認奴作郎。「莫回頭」，亦未容易，在一日歌此詩。或有問曰：「『莫回頭』，是無疑否？」余曰：「只今歌詩有甚疑？」曰：「王祥諸人之孝，是不回頭否？」余曰：「莫管王祥。」曰：

「畢竟如何方是？」余曰：「汝今不知幾回頭了也。」象山云：「白着了夫子許多氣力！」

其五

可笑禪流錯用心，或思或罷兩追尋。窮年費煞精神後，陷入泥途轉轉深。

【原評】

此二乘禪，徒工夫費手，若最上乘宗旨，亦只教人依舊。

其六

心裏虛明著太空，乾坤日月總包籠。從來箇片閒田地，難定西南與北東。

【原評】

萬象森羅，無非虛明心中物。此片田地，豈有方所？我包天地，謂天地包我者，豈非倒耶？太空亦在虛明中，而天地可知矣。下言無地，「田地」二字亦掃。

其七

莫將愛敬復雕鐫，一片真純幸自全。待得將心去鈎索，旋栽荆棘向芝田。

【原評】

晦翁云：「事親必於孝，事長必於弟。」何須安一箇「必」字在心頭？「必」字是雕鐫。

其八

勿認胸中一團氣，一團氣裏空無地。既空何地更何義，此無廣狹無一二。

【原評】

禪門説「空」，慈湖亦説「空」，何須迴避？義理俱捐，數量齊越。慈湖親見廓然之體矣，如此則孔子之空空，不必屬之鄙夫；顔子之屢空，不須説在遇上。

其九

惡習起時能自訟，誰知此是天然勇。多少禪流妄詆訶，不知此勇元不動。

【原評】

六祖云：「常自見己過，與道即相當。」又云：「汝若一念自知非，自己靈光常顯現。」又古語云「雖翻湫倒岳而不動」，皆與此合轍。

其十

回心三月不違仁，已後元曾小失真。一片雪花輕著水，冥冥不復省漓醇。

【原評】

顏子雖有小違真之時，只如雪花點水，著之固輕，融之亦易。總歸冥冥，無有醇漓可言。昔言紅爐點雪，雖曰渾化，猶是水火相激。惟雪花點水，深明合體之妙。「冥冥」字最密，不省淳漓，是邪正俱不用之意。

其十一

有心切勿去鈎玄，鈎得玄來在外邊。何事罷休依本分，孝慈忠信乃天然。此天然處亦不妙，費盡思量却不到。有時父召急趨前，不覺不知造淵奥。此時合勒永認狀，從古癡頑何不曉。

【原評】

罷休者，休去歇去，依本分是極，則事父召，急趨前。如象山門人某方侍坐，象山遽起，某亦起。象山曰：「還用安排否？」孟子以「易牛」啟齊王，以「徐行」教曹交，以「籲洮」動夷子，皆是此竅。此箇人人具足，只不肯承當。千說萬說，只將思量意識用事，且謂別有承認，狀其誰肯？遞癡頑之歎，深惜之矣。

【今校】

「永認」，《慈湖遺書》作「承認」。

其十二

曩疑先聖嗇於言，何不明明細細傳。今醒從前都錯認，更加詳後即紛然。

【原評】

不以言顯，不以默藏。多言反障，先聖豈靳於言哉？

其十三

夫子文章不可爲，從心到口没參差。咄哉韓子休汙我，却道《詩》葩與《易》奇。

【原評】

聖人隨處成文，如人高聲低聲，南音北音，音聲雖別，其所以言，皆無有二。謂《易》與《詩》有分，不可也；謂《易》《詩》與常言有異，亦不可也。

其十四

雪月風花總不知，雕奇鏤巧學支離。四時多少閒光景，無箇閒人領略伊。

【原評】

萬物本閒，而人自鬧，故閒人難得，閒光景不易領略也。領略得，一任奇巧，一任支離，看取雪月風花。

其十五

勿學唐人李杜癡，作詩須作古人詩。世傳李杜文章伯，問著《關雎》恐不知。

【原評】

讀經而不識經，能詩而不識《詩》，此鄭氏之箋、李杜之什也。然則經與詩，畢竟如何？識「關關雎鳩，在河之洲」，令人解得「關關」是相應之聲，「雎鳩」是水鳥，「河洲」是水中高地，便謂知《詩》，可乎？千經萬典，皆不過如此，可惜可惜！

偶成

春入園林種種奇，化工施巧太精微。山禽説我胸中事，煙柳藏他物外機。既遣杏桃呈示了，又令蜂蝶近前飛。如何有眼無人見，只解西郊看落暉。

【原評】

陽明云：「潛魚水底傳心訣，棲鳥枝頭説道真。」亦是此意，然不如慈湖茲語，更直截也。學者於此無疑，方謂之物格知至。若向故紙上鑽研而得者，終是影響。

【今校】

「呈示」，《慈湖遺書》作「呈似」。

其二

脚踏和風步步春，石魚樓上等閒人。興來銜口都成句，眼去遊山不動塵。李白誰知他意思，桃紅漏洩我精神。忽逢借問難酬對，只恐流鶯説得真。

【原評】

從此門入，謂之格物固可，謂之參禪亦可。

其三

桃紅柳緑簇春華，燕語鶯啼盡日佳。誰信聲聲沂水詠，又知處處杏壇家。

【原評】聲聲即沂水之詠，處處是杏壇之家。直將千古聖賢，一口吞盡。雖然，也只說得桃柳鶯燕，若聞鴟鴞之聲，遇荆棘之叢，又是如何？大須仔細。

其四

可惜有生都衮衮，如何終日只紛紛。滿前妙景無人識，到處清音我獨聞。

【原評】衮衮，紛紛，都只勞擾過一生，所以滿前妙景，到處清音，雖不秘藏，而人自隔絶，惟我得聞。

其五

我吟詩處鶯啼處，我起行時蝶舞時。踏著此機何所似，陶然如醉又如癡。

【原評】我吟鶯啼，我行蝶舞，且道誰先誰後。此箇機竅，如醉如癡，亦擬不似。若要知時，問鶯與蝶，明白他説。

夜蚊

夜蚊告教一何奇，妙語都捐是與非。偏向耳旁呈雅奏，直來面上發深機。惜哉頑固終難入，多是聾迷聽者希。費盡諄諄無領略，更煩明月到窗扉。

【原評】墻壁瓦礫，説法熾然，而況夜蚊之丁寧，明月之照燭？可惜不領。

偶成

風雲雨雪自何來，我有乾元大矣哉。萬景出奇供杖履，羣峯環翠拱樓臺。興來吟詠誰裁剪，飯罷遊行豈去迴。信口道來俱妙妙，教人尋訪幾枝梅。

【原評】

知大哉乾元在我，則知風雲雨雪所自來矣，萬景羣峯又可知矣。能吟詠，能遊行，即能爲風雲雨雪，萬景群峰者也。豈去迴者，非來去也。遊行非來去，則吟詠亦非聲字矣。信手拈來，信口道來，頭頭俱妙，教人尋梅，亦信意而已。

偶成

中堂此景亦不惡，疊嶂窮林張翠幄。有時雲氣間出没，誰能繪畫得此樂。詩人如麻筆如椽，擬待索紙莫莫莫。孔子明目尚不見，枉費精神去摸㨸。

【原評】

此樂不可寫、不可見、不可摸㨸，無樂無不樂，無受無不受。然則畢竟如何？疊嶂窮林，雲氣出没，人人有分，只不許摸㨸。

示葉元吉

元吉三更非鼓聲，慈湖一夜聽鵝鳴。是同是異難聲説，何慮何思自渾成。爐炭幾番來暖熱，天窗一點吐圓明。起來又覩無窮景，水檻澄光萬里清。

【原評】

元吉鼓聲，慈湖鵝鳴，若言是同，則鵝鼓有辨；若言是異，則聽無有二。不可聲説，無庸思慮，謂之混成，亦强名之耳。爐炭知熱，天曉知明，起來無窮景物，萬里清光，色色了然，斯皆何物耶？不知者聲色而已。

【今校】

「渾成」，《慈湖遺書》作「混成」。

偶書

君子不必相與言，禮樂相示甚昭然。禮樂相示無一言，物物事事妙莫宣。此妙自覺不可傳，可傳非覺亦非玄。風雨霜露無非教，哀樂相生先聖篇。

【原評】

昔有禪者問師曰：「和尚何不指示於我？」其師曰：「汝送茶來，吾與汝接汝問訊，吾與汝拱手，何得言不指示於汝？」此禮樂相示之謂也。孔子曰：「天有四時，春秋冬夏，風雨霜露，無非教也。」又曰：「哀樂相生，雖使正明目而視之，不可得而見也；傾耳聽之，不可得而聞也。」皆相示昭然，不可宣不可傳之謂也。

偶作

處處青山人不識，步步踏著此巖石。妙妙妙妙不可言，可惜可惜大可惜。

【原評】步步踏著，口口道著，眼眼看著，耳耳聞著，妙不可言，故重贊之；當面目迷，故重惜之。人身中具有此寶，天地間只有此事。若還錯過，枉了爲人，歎息其有窮耶？

金明池

燕語鶯啼，杏壇春色，爲甚無人領略。又添箇山青水緑，是多多少少，明明白白。對面不識，方且蕩然放逸，不亦文辭雕琢？聖人道，君子不必相與言，但示以禮樂。禮樂無言莫穿鑿，一味融融，無窮静樂。步步行行皆妙用，言言句句俱寂寞。舜曰：道心明，心即道。百姓日用，不知不覺。從學者再三勤勤，有請也，只不可說着。

【原評】

宛轉提舉，可謂深切著明。蕩然放逸與文辭雕琢是兩種病，其爲不領略一也。天何言哉？四時行焉，百物生焉。故曰：「不必相與言。但示以禮樂。」人問伊川：「如何是道？」曰：「行處是此，步步行行，皆妙用也。」禪家言，佛說四十九年法，未嘗道著一字。此「言言句句皆寂寞」也。言心不必言道，言道不必言心，欲人知一，故曰「道心」。程子謂：「王介甫不知道，只他說道時，便不是道也。」關尹子云：「非有道，不可言；不可言，即道。」故曰：「不可說着。」

丙子夏偶書

行年七十有六，隨世名言則然。應酬衮衮萬狀，變化坎離坤乾。人情曲折參錯，動静多寡後先。孰有孰虚孰實，無高無下無邊。清明無所不照，一語不可措焉。先聖爲是發憤忘食，某也何敢空度歲年。

【原評】

慈湖嘗言混成，言罷休，絶思慮，去雕鐫，似乎枯寂無用也。而萬用森然，一毫不少。亦似乎見成無功夫也，而黽勉歲年，忘食發憤。孰謂慈湖之學，非孔子之真宗？

東山賦

吾之日用何如哉？如東山之曉色，蒼茫無際，不可攬取。其間雲氣隱見，陽輝粲發，霞舒金錦，愈變而愈奇。雲拖玉龍，出没夭嬌，于萬峰羣翠之間，可觀可駭。而須臾忽化，千態萬狀，莫繪莫畫。又如江上之秋光，清空爽明。若甚近也，而不可執。若遠也，而不可追。而及清露濡之，霜月炯之，而無所損無所益。又如松間之溪聲，玲玲其鳴，其音甚清，的然可以聽而聞，而不得夫音之形。又如巖前之明月，其潔如玉，其流光凝止，若可以斂而掬。入松爲松，入竹爲竹，隨物賦形，而終不得其機軸。此豈吾之所私有？獨妙獨化，他人不得而與哉！舉遐近，通萬古。夫孰者之不然？惟昏明之不齊，是非之迭出。所以有知有不知，有恊於極於不極。粒我烝民，莫非爾極。孰謂吾日用而非極乎？孰謂吾日用而可以知可以識乎？孔子曰：哀樂相生，正明目而視之，不可得而見也；傾耳而聽之，不可得而聞也。孰謂吾日用而可以見，而可以聞乎？偶書如右，他日名之，曰《東山賦》。或疑當名《日用賦》，應之曰：「如此問，不惟不識東山，亦不識日用。」慶元丙辰仲秋，書於石樓竹房。

【原評】

如東山曉色，如江上秋光，如松間溪聲，如巖前明月。四「如」字，莫作比擬看。是一一實指而言之也。末聞命題甚神。

【今校】

「石魚」，《慈湖遺書》作「石樓」。

附録二　助道微機：周海門「心學」與「詩觀」之關係*

魏月萍

緒言

唐宋之際，文與道的關係在士人社群當中是一個主要的話語。士人所關心的是，到底寫作與道德價值有没有直接的關係？「斯文」與「道統」思想基礎的建立，又是否與寫作這個行爲脱離不了關係？文學與道德的價值是否能够相互溝通？這些問題迫使士人必須思考構成士人身份的合法性是什麽，導致理清文與道之間的關係，成爲一道重要的問題①。例如宋儒程頤（1033—1107）强調要把

* 本文曾收録於《中國古典文學國際學術研討會論文集》，馬來西亞加影新紀元學院中國語言文學系出版，2009年8月，第56—84頁。作者係馬來西亞蘇丹依德理斯教育大學中文系副教授。

① 有關這方面的深入討論，請參Peter. K Bol, *"This Culture of Ours": Intellectual Transitions in T'ang and Sung China*, Stanford University Press, Stanford California, 1992。

「文」從「道」中剥離出來，以爲思考「道」不須以文學作爲中介，故發出「作文害道」①的疾呼。至明代，對文與道的討論大抵仍依循著「文道分合」的討論脈絡，同時也牽涉文人、詩人與儒者身份的定位②。明中葉以後，陽明心學崛起，「心」的價值與功能受到更大的重視，也間接影響了文學觀念。持心學立場的陽明學者雖强調要直接從心來汲取道德價值，可是他們仍重視詩文的作用，對文學頗爲寬容。對他們來説，深究性命道德與精鑽詩文，並非如宋儒所認爲的截然二分的事。當時就有學者不贊同把「義理」視爲第一義，學習「詩文」爲第二義，並批評這種「義理至上」的態度恐會助長「訓

① 程頤（伊川）曾針對學生「作文害道否」的問題，回答説：「害也。」程頤所謂的「文」，是針對當時的「章句」與「詞章」之學，而非見於《六經》之古聖人之文。至於作詩，他則以爲是「閑言語」，不是主張禁止不作，自己卻不熱衷作此閑言語。程顥、程頤《二程遺書》卷十八《伊川先生語四》，上海：上海古籍出版社2000年，第290—291頁。

② 《明儒學案》卷44《諸儒學案上二・曹月川先生端》寫道：「古人，文人自是文人，詩人自是詩人，儒者自是儒者，今人欲兼之，是以不能工也。賢輩文無求奇，詩無求巧，以奇巧而爲詩文，則必穿鑿謬妄，而有不得其實者多矣。不若平實簡淡爲可尚也。」黄宗羲，《黄宗羲全集》第8册，臺北：里仁出版社1987年，第1068頁。王畿的門人王宗沐曾指出「龍溪之文，非文人之文」，他的文章重在發揮性真。《王龍溪全集》卷一《龍溪先生文集序》，臺北：華文出版社1970年，第10頁。周海門的弟子陶望齡亦有此説，指説王陽明與王畿之文「非文人之文，而文王孔子之文」，《歇庵集》卷三《海門文集序》，《續修四庫全書》第1365册，上海：上海古籍出版社1995年，第223頁。泰州後學管志道則説得更直接，説：「學道之士與文人規格不同。柳、蘇皆文士之雄也。其憂、其樂，其寄情於著作，不妨自得其本分。」《管子惕若齋集》卷二《答顧詮部涇陽丈書》，東京：内閣文庫1980年，第44頁。可知古代學者對自我身份具有「角色自覺」，文人與儒者代表的是兩種不同的價值體現。

詁頭巾語」①，形成僵化的思考與書寫思維。在這樣的學術氛圍底下，值得思考的是，受陽明學説影響，以心學爲立場的學者，究竟持有怎樣的文學觀念？心學思想如何影響他們對詩文的看法？詩文與道德價值之間的關係，兩者要如何溝通？

學界對明代心學研究的重視，要晚至四十年代纔經由哲學領域開始，如嵇文甫的《晚明思想史論》出版於一九四三年，對心學思潮，基本是分成王陽明時期、王學分化以及狂禪派三大階段。之後心學研究的發展，受到唯物史觀與啟蒙意識的影響，研究視野多注重於對意欲的肯定與個體自由這兩方面。如文學研究者左東嶺曾指出，自九十年代起，心學研究才走入一個多元與深化的時期；而在近二十年的研究中，理學與文學關係的探討才受到較多的注意②。不過，心學家的文學貢獻，以及他們的文學觀點較少進入研究者的視野，特別是有關心學與文學關係的研究，如何能爲中國古代文學發生論的感物説向性靈説的轉化提供更多的解釋資源，尚有許多可開拓處③。再如探討陽明學者的文學觀念，向來只注重王畿（1498—1583）、羅汝芳（1515—1588）、李贄（1527—1602）與焦竑

① 周汝登輯評《類選唐詩助道微機》《助道微機或問紀》（哈佛大學燕京圖書館微卷），第1頁。
② 例如韓經太《理學文化與文學思潮》，北京：中華書局1997年；王素美《許衡的理學思想與文學》，北京：人民出版社2007年；左東嶺《明代心學與詩學》，北京：學苑出版社2002年；周群《儒釋道與晚明文學思潮》，上海：上海書店出版社2000年；張亨《試從黃宗羲的思想詮釋其文學視界》，《思文之際論集：儒道思想的現代詮釋》，臺北：允晨出版社1997年。
③ 左東嶺《明代心學與詩學》，北京：學苑出版社2002年，第374—376頁。

(1540—1620)等人，較少有對其他理學家作專門的論述。

本論文嘗試以陽明後學周海門(1547—1629)所編輯的《類選唐詩助道微機》爲研討文本，並參考其他相關文集，藉此探討他的詩歌觀點與心學思想之間的關係，並進一步分析心學家的思想如何影響他們對「詩」與「詩人」的觀點。最後，通過周海門對「詩與學」，以及「詩與道」關係的界定，審視他的詩歌觀念是否消解了文與道之間的矛盾與緊張關係。「心學」在這裏不只是作爲一種學術背景或思潮來把握，它本身兼具道德與審美的品格，如周海門經常强調的「詩文之心」，它是具德性的道心，也是一種普遍的自然情感。

(一)周海門的心學思想

周汝登，字繼元，號海門，謨之子，生於明世宗嘉靖二十六年，卒於明思宗崇禎二年，享年八十二歲。《嵊縣志·人物志》曰：「讀書過目不忘，年十四而孤，十八爲諸生，二十四師山陰王龍溪。示以文成之學，輒領悟。」①按《嵊縣志》的描述，周海門是個體恤老百姓的地方官。萬曆丁丑時期，他任職授工部屯田，主要負責百姓徵税事務，當時恰逢税額倍增，他不忍横徵，結果被謫官。遇見有商民不習禮，

---

① 牛蔭麐等修，丁謙等纂《嵊縣誌》卷十四《人物志》，《中國方志叢書》第 188 號，臺北：成文出版社 1974 年，第 987 頁。

愛訟訴，便向他們講鄉約、刻四禮圖，推行教育與教化工作。甚至捐出自己的俸禄與土地，供設立社學的費用，《嵊縣志》記載説：「汝登爲政，以教化爲先，不事刑罰。」①清代學者邵念魯（1648—1711）亦評價周海門説：「居官廉慎，循績可稱。」②隆慶四年（1570），王陽明（1472—1528）的大弟子王畿抵達剡州，周海門的叔父周震邀請王畿到慈湖學院講學，周海門隨堂兄周夢秀前往聆聽良知之學③。聞學初時，一直未能有悟，後來讀王畿的書才逐漸覺得有味。可惜後來王畿已逝世，不及拜於王畿師門，所以周海門雖可説是受業於王畿，實際上卻未真正及其門下，④雖然如此，一生仍是以王畿弟子自居⑤。

周海門具有很深的涉佛經驗，曾作《佛法正輪》來辨別儒佛之間的關係，主張儒釋不可分合⑥。

---

① 牛蔭麐等修，丁謙等纂《嵊縣誌》卷十四《人物志》，《中國方志叢書》第 188 號，臺北：成文出版社 1974 年，第 987 頁。

② 邵念魯《思複堂文集碑傳》《王門弟子所知傳》，收録於周駿富輯《明代傳記叢刊》，臺北：明文書店 1995 年，第 112 頁。

③ 周夢秀生平，參《嵊縣誌·人物志·鄉賢類》卷十三，第 1208 頁。

④ 周汝登《東越證學録》卷五《剡中會語》，臺北：文海出版社 1970 年，第 432 頁。

⑤ 周汝登《東越證學録》卷九《題世韶卷》，第 706—710 頁。另有關周汝登的學派歸屬問題，可參彭國翔《周海門學派歸屬辨》，《浙江社會科學》2002 年第 4 期，第 104—109 頁。又或 Jie Zhao, *Chou Ju-Teng (1547—1629) At Nanking: Reassessing A Confucian Scholar In The Late Ming Intellectual World*, P. hD Dissertation of Princeton University, Department of East Asian Studies, 1995.

⑥ 周汝登曾指出「今之爲儒禪者，蓋滯於分合之跡」，以水爲例子來强調儒禪之不可分，曰：「水有江有河，江不可爲河，猶河不可爲江，必合爲一，雖至神不能。此儒禪不可合也。江河殊，而濕性同、流行同、利濟同、到海同，必岐爲二，雖至愚不許。此儒禪不可分也。」《佛法正輪》《佛法正輪引》，《中國古籍海外珍本叢刊·美國哈佛大學哈佛燕京圖書館藏中文善本彙刊》，廣西師範大學出版社 2003 年，第 112 頁。

縱然如此，他對陽明學脈的信仰，對「心」與「良知」的信任，比起許多陽明後學，表現出更堅定的「心學」立場。周海門雖未能親炙王陽明，卻信仰「陽明『良知』二字是千聖真血脈」①，對王陽明思想十分推崇，追究根源，實受到王畿的影響。他曾説：「近自陽明先生以良知之旨開世眼目，而旋轉之業即從此出。後龍溪先生益爲闡發，播之四方。宛陵水西之會，尤所專注。以故其地人士興起，彬彬比於鄒魯。」②，頗有欲接續王畿之志，使陽明之學不墜。其弟子陶望齡（1562—1609）便曾説：「越自龍溪先生既没，微言將賴海門丈復起而續之。」③學中友人鄒元標（1551—1624）亦説「天復挺生吾友嵊縣周子繼元」④，這一些話，皆可看出不少同屬陽明後學的學者對周海門發揚「師説」努力的肯定。此外，周海門與弟子陶望齡共組「證修會」，訂月會講學之期，以孝弟忠信爲根基，教人知致良知之旨，也旨在繼承陽明與龍溪二人講學之志⑤。周海門在逝世前，留下遺書給陶望齡，希望他和弟弟陶奭齡（1571—1640），能够繼續在陽明書院的講會，以確保越中一脈不斷⑥。周海門對王陽明追

---

① 周汝登《周海門先生文録》卷五《寄贈李檣山先生》，《四庫全書存目叢書》集部第一六五册，齊魯書社 1997 年，第 233 頁。
② 周汝登《周海門先生文録》卷七《郡守拙齋蕭侯崇祀記》，第 296 頁。
③ 陶望齡《歇庵集》卷十二《與蕭若拙廣文》，第 426—427 頁。
④ 鄒元標《願學集》卷四《壽海門周公七十年》，《景印文淵閣四庫全書》第 1294 册，臺北：商務出版社 1983 年，第 159 頁。
⑤ 《嵊縣志》卷十四《人物志》，第 988 頁。
⑥ 《嵊縣志》卷十五《人物志》，第 1501 頁。

念的文字，文集中隨處可見，最令人印象深刻的是，他曾與五十餘人設宴於陽明證道處——碧霞池的天泉橋，與衆人飲酒唱歌，遥想當年陽明與諸生同樂之光景①。

自清代至現今學界，衆學者對周海門的印象，較集中在以下四個方面：一，他是晚明儒釋調合的主要提倡者。海門曾以「一碗飯」爲比喻②，把儒釋等同於求道者充饑的對象。二，他鼓吹「無善無惡」的思想。1592年周海門與許孚遠（1535—1596）展開對無善無惡激烈的辯論，形成學術史上有名的「九諦與九解」③論辯；三，意圖建立陽明學道統與正宗學脈。周海門於1606年編纂了《聖學宗傳》④與《王學宗旨》⑤，兩部書皆意在規劃出陽明心學的承傳系譜；四，熱衷於講學，提倡友道

---

① 周汝登《周海門先生文録》卷二《越中會語》，第177頁。

② 同上。

③ 對於這場論辯，當時學者其實給予頗高的評價，如周海門好友之一鄒元標，不僅認爲許孚遠與周海門「二公良工苦心」，更把兩人比喻爲宋代的朱熹與陸九淵。其曰：「昔人云：新安亦無朱元晦，青田亦無陸子静。今浙中寧有許與周乎？」鄒元標《願學集》卷三《柬許敬庵司馬》，第73頁。

④ 美國學者Thomas A. Wilson認爲《聖學宗傳》不只是一部有關儒家傳統的選集，而是作者有意提供一套正確的「道」的承傳的學問與方式。確切來説，它主要是要確立一個學派的「正統教義」以及「道的嫡傳」，也即是所謂「道統」的奠定。Thomas A. Wilson, *Genealogy of the Way: The Construction and Uses of the Confucian Tradition in Late Imperial China*, California: Stanford University Press, 1995, p. 6.

⑤ 周汝登在撰寫《王學宗旨》序言時，曾指出編輯此書的目的在於重建陽明學説的學統，也旨在回應當時學界對陽明後學的兩點批評：一、良知之學的「知」已落情識；二、致良知工夫過於直截疏闊。周汝登《東越證學録》卷六《王學宗旨序》，第463頁。

甚於師道。①而周海門備受批評的，乃是其三教合一與無善無惡的思想。清代學者多批評他援禪入儒的做法有違陽明學的學術立場，屬陽明心學一系的黄宗羲（1610—1695）更嚴厲批評他的「無善無惡」説已經把王陽明所指向氣寂静時，湛然獨知的「無善無惡心之體」的含義，扭轉成爲「性」之内涵，容易使人滑入釋氏的空無論。後來的學者多以黄宗羲的意見爲準，把周海門定位在一個鼓吹三教合一、注重本體工夫的陽明學者。今天重新檢視這樣的説法，其實仍有不少討論的空間，例如被喻爲陽明殿軍的劉宗周（1578—1645），向來對多位陽明後學援禪入儒的行爲有嚴厲的抨擊，卻對周海門謹守良知學的做法讚賞十分，且在一篇祭文中，流露欽慕之情②。

周海門究竟怎樣認知「心」與「良知」，從而確立他的心學立場？「心學」二字始於《陸象山先生集敘》，王陽明曰「聖人之學，心學也，堯、舜、禹之相接受」③，説明有關心性的學問，是古代聖賢歷代承傳的學問。從學術思潮而言，心學的崛起是在挑戰程朱理學基礎上形成的。有宋以來，

① 周汝登對友道的看法，請參《東越證學録》卷九《題友人書劄》，第 697—700 頁。

② 劉宗周曰：「嗚呼！斯道之不傳於世，蓋千有餘年，而吾越陽明子以『良知』之説啟天下。及門之士，於吾越最著者爲龍溪先生；又百年，龍溪之門於吾越最著者爲先生。先生於陽明之學，篤信而謹守之。由偶爾而祖，一嫡相承。讀其書，宗旨有述，宗傳有編。一時學士大夫，又相與維持左右，底於無弊。懿哉先生！其於道也，可謂辰星之麗宇、鐘鼓之在序，凡有耳目者，皆得而聞且見，而況其閔閔焉望道而趨之者乎！」劉宗周《祭周海門先生文》，戴璉璋、吴光主編《劉宗周全集》第 3 册下，臺北：中研院中國文哲研究所 1997 年，第 1060 頁。

③ 《王陽明全集》卷七，上海：上海古籍出版社 1997 年，第 245 頁。

程朱理學勢力龐大，朱熹(1130—1200)提倡「性即理説」，以爲每事必含一理，格得一物，即得一物之理。南宋陸九淵(1139—1193)即提出「心即理」，企圖以「心」取代「理」，以爲天地萬物之理不外於吾心，把宇宙萬物看作是包容於主體之「心」，以此證明包涵廣大的「心」，故曰「宇宙即是吾心，吾心即是宇宙」①。王陽明承繼陸九淵的理路，把「心」視爲天地萬物的本原與主宰，後人遂以「陸王學派」指涉「心學」這一脈絡。心學家以「心」爲世界萬物的本原，把社會倫理原則化爲人心中天賦的道德意識，「心」是一切行爲最高的主宰原則，陸九淵稱之爲「本心」，陽明則稱心之本體爲「良知」。

針對朱熹與陸九淵對「心」的見解，周海門曾表明認同陸九淵所説，認爲「若識得一個心了，萬法流出，更都無許多事」，同時質疑朱熹説：「夫心外更有何物，心外更有何事哉？」②於此進一步提説：「心即是身，然所謂心雖不離見在知覺，而未可便以知覺當之。蓋道心惟微，微者不識不知，知覺云乎哉？」③周海門除了反駁朱熹以「知覺」來詮釋心，也提出應該由知覺的層次提升爲「不識不

---

① 《陸九淵集·年譜》卷三十六，中華書局1980年，第483頁。

② 周汝登曰：「象山言本心，所謂管歸一路，晦翁曰：『陸子静之學，只管説一個心，本來是好底物事，上面著不得一個字，只是人被私欲遮了，若識得一個心，了萬法流出，更都無許多事，他卻是實見得個道理恁地，所以不怕天、不怕地，一向胡叫胡喊。』觀晦翁之言，句句説著。夫心外更有何物，心外更有何事哉？孟子而後，要個能不怕能叫喊者，陸子一人而已。」周汝登《聖學宗傳》卷十《陸象山》友誼出版社1989年，第761頁。

③ 周汝登《聖學宗傳》卷九《朱熹》，第19頁。

覺」的「惟微道心」。此「道心」並非否定知識與知覺，有論者即舉出周海門的意思在於：「心是知識、思索而不知識、思索者」，故其「以不離見聞言思而不可以見聞言思爲本」①。

周海門更進一步指出，伏羲作卦之意，只是「專以形容吾心之萬事萬物而已」②。《易》之畫卦，透露伏羲作卦之意，旨在讓人從卦象中瞭解所謂的喜怒哀樂、生死夢寤、出處進退與禍福吉凶等，皆出自「一」，同屬「心中事，心中物」③而已。除了再度論證「道心」④難窺之外，也意圖説明「心物一體」的思想——天下之一切事物都是吾心之事物。

此外，周海門也認爲「心」與「天」不二，曾曰：「後世論學有本心。本心之判然，觀虞廷，則止言心矣。明道謂：『即心便是天，更不可外求。』邵子亦謂：『自然之外，別無天。』自然者，即吾心不學不慮之良也。故天與心不可判，判天與心而二之者，非惟一之旨矣。先後諸儒皆明大舜「惟心」之旨，夫惟心乃所以爲惟一也與。」⑤周海門以不學不慮的良知爲「心」，亦以不學不慮的良知爲天，此

---

① 劉哲浩《周海門哲學思想研究》，輔仁大學哲學研究所博士論文，羅光先生指導，1991 年，第 132 頁。

② 周汝登《東越證學録》卷三《武林會語》，第 191—193 頁。

③ 同上

④ 羅汝芳亦曰：「蓋自虞廷便説『道心惟微』，果是心涵道體。神妙之難窺；人心惟危，亦果是心屬人身。形跡之易滯。危而易滯，所以形跡在前者，滿眼渾是物欲；微而難窺，所以神妙在中者，終身更鮮端倪。」《盱壇直詮》上卷臺北：廣文書局 1996 年，第 45 頁。

⑤ 周汝登《東越證學録》卷三《武林會語》，第 194—195 頁。

天亦是程顥(1032—1085)所謂「即心之天」與邵雍(1011—1077)所謂「自然之天」。

指出了包涵遍覆的天以後，周海門又謂「吾心即是神」①。周海門承繼陸九淵弟子楊慈湖(1141—1226)所提倡的「心之精神，是謂聖」，進一步拈出「人心」與「聖心」相同的思想基礎。《聖學宗傳·子思》蠡測曰：「『心之精神，是謂聖』，此子思聞之夫子者。慈湖數舉以明宗，而或以爲此非夫子之言，曰：『以精神，而不以中正，故決其非。』夫舜曰『惟精』，孟曰『不可知之精神』，精神猶云少中正耶？『仁，人心也』，亦不言中正。或者之非陋！」②在這段話中，周海門援引舜所言「惟精惟一，允執厥中」的「惟精」，以及孟子「不可知之謂神」③，來證明「聖心」的至妙與不可測，與凡人不差毫釐，而聖心之「中正」即人心之「仁」，只是一般人信不及此心，所以要人「信此心法」，便可「自得」，故又曰：

有志於學者，但當信此一心，力自反求，隨事隨時，察識磨練。遇聲色貨利，莫隨之而去。倫理上率踐，性情上調理，不要好高務奇。虛其心，不先主一物，莫落情識窠臼，廓之聞見，以觸發此心，資之師友，以夾持此心。有過即覺，一覺便改，綿綿密密，如此做去，總不離心。若此心

① 周汝登《東越證學録》卷四《越中會語》，第309頁。
② 周汝登《聖學宗傳》卷三《子思》，第47頁。
③ 《朱熹集注四書讀本：孟子》《盡心下》，臺北：啟明書局1996年，第360頁。

一刻自得，便是一刻聖賢。一日自得，便是一日聖賢。常常如是，便是終身聖賢。聖賢原非絶德，太阿之柄，具在我手。信此心法，更何堯舜不可爲、孔子不可學哉？是故聖賢立言處，凡曰性、曰命、曰才、曰情等，以至種種百千名目，皆是一心之别號。①

日本學者岡田武彦曾批評周海門過於强調「自得」與「成聖」之間的關係，把陸九淵自我與自得的思想推向了極致的境地，是「過高地看重了自得之效驗」②。這其實顯示周海門對「心」的絶對自信。他所認識的「心」，不但具有包涵萬物的性質，與萬物可以相互貫通，同時亦具與「聖心」同心的道德内涵。於是他强調要把握「心法」，理解種種由心所反映出來的現象，皆爲心所投射。也唯有持「一心」的立場，才能消除彼此的差異，打破經由「心」所分别出來如性、命、才、情等名目。所以，周海門堅守王陽明「歸本自心」③之意，重視打理「自我之心」，不時勸人要「調理自心」，而檢視良知有

① 周汝登《周海門先生文録》卷三《新安會語》，第 201 頁。

② 岡田武彦指出：「海門提倡自得的重要，那是因爲在他看來，宇宙的存立充盈、天地的包涵遍覆等，全都是基於吾心自得而成就的。若吾心自得，則處處皆真，一切皆道，即所謂『三十六宫都是春』。海門認爲，聖賢亦是基於吾心自得而直下至得的。……如上所述，海門過高地看重了自得之效驗。」岡田武彦著，吴光、錢明與屠承先譯《王陽明與明末儒學》，上海：上海古籍出版社 2000 年，第 188 頁。

③ 周汝登《周海門先生文録》卷三《剡中會語》，第 192 頁。

無發揮作用的方法，是以自己的心是否妥當來作爲標準①。由此可理解，周海門的「心」，是宇宙中至高無上的本體，這顆「心」不須外求，只要具備自知與自信的認識，②這樣的一種認識，遂成爲他對詩歌的評鑒基準。

（二）周海門的詩歌觀

《四庫全書總目提要》曾曰：「自履祥是編出，而道學之詩與詩人之詩，千秋楚越矣。」宋代金履祥（1232—1303）編《濂洛風雅》時，收録了理學詩四十餘家，其中以邵雍（1011—1077）、朱熹與魏了翁（1178—1237）的詩爲主，從此以後，「道學之詩」與「詩人之詩」的邊界逐漸分明。道學之詩，多指向理學家所作的詩，它旨在闡發道學與人生哲理。而詩人之詩，則重在律調。③北宋邵雍詩歌所開啟的「擊壤體」抑或「性理詩」，重本性而不拘於法，深刻影響了往後的理學詩人。錢穆先生曾輯宋明理學者的詩鈔合成《理學六家詩抄》，收録了邵雍、朱熹、陳白沙、王陽明、高景逸與陸桴亭的詩。錢

---

① 《剡中會語》載：「先生曰：『致良知須是下老實做工夫，如家庭日用間，有不妥處，便須於此知非，知得便改。知要真知，不可自放出路。這個學問，再不許空談。空談得良知活靈靈，成甚用？』有成曰：『心中見得有不安處，極力克治，到得妥當時，是良知否？』先生曰：『若説到妥當時，方是良知，即今是什麽，只如此去，且莫分別；若分別，知便不良。』」周汝登《周海門先生文録》卷三《剡中會語》，第185頁。

② 周汝登《東越證學録》卷六《武林會語》，第225—227頁。

③ 陶望齡《歇庵集》卷三《明德詩集序》，第224頁。

穆把他們的詩定義爲「理學詩」，並作出界定説：「理學者，所以學爲人。爲人之道，端在平常日用之間。而平常日用，則必以胸懷灑落、情意恬淡爲能事。惟其能此，始可體道悟真，日臻精微。而要其極，亦必以日常人生之灑落恬淡爲歸宿。」①按錢穆所言，理學家體道悟真，注重平常日用間的「灑落恬淡」，他們的詩作表現出平常日用間的共同情懷與意境。故可知理學詩欲突顯的是其「情懷境界」②。在晚明，「理學詩」不但常被吟誦於講學活動中，也是社學用以陶養性情的教化内容，周海門在《社學教規》即載道：「蓋童子性如草木初萌，必須舒暢條達，況理學之詩，自幼浸灌胸中，他日邪淫之聲，自有不足移其好者。」③

周海門是心學家，亦可稱爲理學詩人，《東越證學録》二卷中收録了二百一十七首詩。不過讓人好奇的是《類選唐詩助道微機》鮮爲人所談論。時人多認爲他的詩受到王畿詩風的影響。王畿論詩，追求「本色文字，盡去陳言，不落些子格數」④，所以周海門的詩也多具天真渾樸、直抒胸臆，貴理與貴情的特色⑤。此外，周海門與多位泰州學人具有深厚的淵源，曾受羅汝芳、楊起元（1547—

① 錢穆《理學六家詩抄》，臺北：中華書局 1974 年，第 1 頁。
② 錢穆《理學六家詩抄》，第 2 頁。
③ 周汝登《東越證學録》卷十三《社學教規》，第 1024—1025 頁。
④ 王畿《王龍溪全集》卷八《天心題壁》，第 571 頁。
⑤ 李聖華《晚明詩歌研究》，北京：人民出版社 2002 年，第 107 頁。

1599）等人深刻的影響，詩歌裏含有濃厚「日用是道」的意味。泰州學人主張「百姓日用是道」①，把日常生活轉化成悟道場域，擺脱繁瑣與嚴格的道德修養，用一種直截、簡易、當下的方式來體悟道德性命。泰州學人也具有「學寓於樂」②的思想特徵，如陶望齡替羅汝芳詩集作序時，便説其詩旨「寄名於詩樂」，展現「詩即樂也，樂即詩也」③的獨特風格。這種不落俗套、不爲經義所束縛的道德修養工夫，以及認知到人盎然於宇宙之中渾是一團生意的想法，也是海門致力追求的工夫境界，故其曾曰：「悦樂，吾心之本體。」④

《類選唐詩助道微機》的編輯立場

《類選唐詩助道微機》是一部類選唐詩的彙編，周海門在這部選集裏，列出十二種詩的類別，分

---

① 黃宗羲曰：「陽明而下，以辯才推龍溪，然有信有不信，惟先生於眉睫之間，省覺人最多。謂『百姓日用即道』，雖僮僕往來動作處，指其不假安排者以示之，聞者爽然。」《明儒學案》《處士王心齋先生艮》，中華書局 2008 年，第 703 頁。

② 參王艮的《樂學歌》，《王心齋先生全集》卷四《雜著》，臺北：廣文書局 1986 年，第 6 頁。

③ 陶望齡《歇庵集》卷三《明德詩集序》，第 224 頁。

④ 周汝登《東越證學録》卷二《越中會語》，第 160 頁。

別是：卷一上《心學》、下《家庭》；卷二上《君道》、下《臣道》；卷三上《交友》、下《邊塞》；卷四上《飲酒》、下《静趣》；卷五上《感策》、下《對治》；卷六上《禪門》、下《玄門》。在每一種類别的詩前，都撰有詩評，相較於其他集子所透露一鱗半爪的詩文觀念，《類選唐詩助道微機》中對不同類别詩的「點評」，更能讓我們瞭解周海門的詩歌標準與文學觀念。《類選唐詩助道微機》在付梓前，曾遭到一些讀者的質疑。第一是有關「唐詩風格」的問題。或人問道：「唐人留連光景，浮逞詞華，去道良遠，而取以助道，何也？」言詞中顯露對唐詩頗有微詞，以爲唐詩重辭藻與工巧，無能助道。第二則是「獨取唐詩」的問題，或人疑惑爲何不取後漢與六朝的詩，是否有受到主觀與狹隘的文學標準的影響？誠然，「詩必盛唐」在當時已被視爲一種僵化的文學口號或文學意識形態，句摹字擬的形式主義的流弊愈趨嚴重，當時學者多有警惕。而與反對復古主義的公安派文人向來有密切來往的周海門，何以仍不顧此狂瀾，偏偏要編一部類選唐詩集？

周海門對以上兩個問題的回答，或有助於解惑，同時也説明了他的編輯立場。針對第一點，周海門解釋説：

子必講説義理，作訓詁頭巾語，然後謂之道而始爲助也乎哉？試爲子詳言之。夫道著於經，經六而《詩》處一。《詩》若《雅》《頌》諸篇，皆聖哲述作，至《國風》中，淺言恒語，出自愚夫婦之口者，聖人皆删而存之，次於《雅》《頌》之前，直與《易》之卦象爻、《書》之典謨訓誥並列而爲經，此何以故？蓋聖哲與庸愚一心，臭腐與神奇一理。不説義理中有真説處。是故蒭蕘可詢，邇言可察。而況唐人之詩，多得之天才妙悟，以爲《三百篇》之鼓吹，而作吾人進道之資藉，何不可也？①

明代編選詩選的風氣極盛，從個别唐詩選集的編選立場，頗可窺探明代學者的唐詩標準，以及明代對唐詩接受準則的演變軌跡，堪稱「明代唐詩接受史」②。然而《類選唐詩助道微機》不是一部學習創作的範本，它更多是站在讀者的立場，選取編者認爲能够産生心靈共鳴的唐詩。周海門處於明代詩壇復古與反復古的角力氛圍當中，自然對復古派所針對的「理障」問題有所碰觸。不過他所關心的，不是執固於主唐詩派的「重情」或主宋詩派的「重理」，在「情」與「理」對峙情勢中打轉。他比較關心的是，「五經」的義理與《詩》的理被截然二分，使「五經」烙印著聖哲的權威。在上段文中，周海門特意拈出《國風》的「淺言恒語」，述其與聖人之言並無分别，標榜的即是一種回歸到以「心」爲基礎的詩歌觀念，藉此反撥獨尊五經之意。這與李贄主張以「童心」爲文學創作的情感基礎，頗有異

① 周汝登《類選唐詩助道微機》《助道微機或問紀》，第1頁。
② 陳國球《明代復古派唐詩論研究》第四章《從〈唐詩品彙〉到李攀龍選唐詩》，北京：北京大學出版社2007年，第169—216頁。

曲同工之處①，在「聖哲與愚庸一心，臭腐與神奇一理」之下，不必問是聖人的著述抑或百姓的創作，無疑對聖人經典的權威性具有一定的消解作用。但要區别的是，李贄所面對是假道學犯濫，假聖人橫行的嚴峻挑戰，「童心説」强調最初一念的「真心」②，旨在「以真制假」。而周海門的「心」除了重視「自然」的本質，即是在孟子「赤子之心」、陸九淵「本心」到王陽明「良知」的思想脈絡底下，所强調的不學而知、不學而能的「心」——一顆能與物自然感通的心，亦有意要打通人心與道心。

這也是爲何周海門特别注重詩歌中的「妙悟」意境，以爲它可以成爲把握「道」的一種途徑。「妙悟」説在詩學上的意義，歷代各有不同的看法。學者黄景進曾舉出五種不同的解釋：(1)「妙悟」指「形象思維」；(2)「妙悟」即領悟到詩歌藝術的特殊規律；(3)「妙悟」指創作上「運用自如，豁然無礙」的境地；(4)「妙悟」指詩境的醞釀；(5)「妙悟」即直覺。③然從「唐人之詩，多得天才之妙悟，以爲《三百篇》之鼓吹，而作吾人進道之資藉，何不可也？」可知周海門的「妙悟説」不屬於「創作

---

① 李贄曰：「天下之至文，未有不出於童心焉者也。」《焚書》卷三《童心説》，臺北：漢京文化事業有限公司1984年，第99頁。

② 有趣的是，曹淑娟曾指出説：「李贄將心體討論由良知善惡判斷轉爲童心真僞之辨的痕跡，然後他以童心爲文學撰作的根源，善惡問題不被强調，但仍不確定是否取消了善惡的問題。」曹淑娟，《晚明性靈文論的心性基礎》，收録於《晚明思潮與社會變動》，臺北：弘化出版社，1987年，第336頁。周汝登對詩歌中之善惡，亦有討論，請參第三節「神解」部分。

③ 詳論參黄景進《嚴羽及其詩論之研究》，臺北：文史哲出版社1986年，第179—180頁。

規律」，而是悟道的一種「觸媒」，與上述第四與五項的意思較爲貼近。妙悟之原由，源自於不可指、不可名言，無法用具體的語言强作解釋的心性或道，唯有用心參求或體認，才能察覺那不可知與瞬間顯現的微妙的道，①此乃周海門所説的「心悟」②，所以詩歌具有「明道」作用，可作「進道之資藉」。

至於第二個質疑，周海門則舉孔子爲例，指孔子删《詩》三百首，以周朝的詩歌爲主，取詩的依據僅是在於「取其盛者」，其曰：

> 蓋《詩》至成周而盛，亦取其盛者而已。辟如荷之菡萏，梅之蓓蕾，非無色澤馨香，而吾人賞玩，每於開敷爛熳時，亦理勢自然，非意之也。③

袁中道（1570—1626）曾從詩歌風格與類型的多元來闡釋唐詩的興盛，其曰：「詩莫盛於唐，顧

---

① 周汝登曾指説：「古聖賢以道相授受，自有吃緊入微之旨，爲千聖之所不能二。然既謂之微，則亦語言不能及。又，千聖之所不能傳不能二，而不能傳如空合空默契而已。故欲希聖而不探其不二之微，妄生意識，猶之烝沙作飯，決無濟生之益。欲探微而不悟其不傳之妙，滯於語言，猶之認影爲形，豈有識面之期？」周汝登《周海門先生文録》卷五《鄒子學庸商求序》，《四庫全書存目叢書》第 165 册，台南：莊嚴文化出版社 1995 年，第 230 頁。

② 周汝登《周海門先生文録》卷二《越中會語》，第 165 頁。

③ 周汝登《類選唐詩助道微機》《助道微機或問紀》，第 2 頁。

唐之所以稱盛者，正以異調同工，而究竟不害其爲可傳耳」①。但周海門對唐詩何以爲「盛」的依據没有多加著墨，大致只透露並不把「唐詩」視爲一種時代性的文學標準，或以其作爲絶對的審美要求，如李夢陽（1473—1530）與何景明（1483—1521）等人所提出「詩必盛唐」的文學主張。對周海門而言，那是自然而然的做法，有如人們在玩賞花朵，必會等到花朵綻放爛熳時一樣的道理。因此接下來將進一步探討在「一心」的思想基礎上，周海門如何建立一套關於詩歌的準則。

1.「求心」

周海門從「一心之法」中立論，認爲只要認知到「一心」之同，在各自本位上調心，即可達道成學。「此心」是爲文學道的最高指導原則，所以他纔會説：「學問之道不必他求，各各在當人之心。千聖相傳，只傳此心而已。」②周海門通過傳心，鋪敘出從孟子之後的心學譜系，認知到仁心廣大，無論是哪一種身份或崗位的人，都能體悟這一顆具普遍道德情感的心。他曾把杜甫比喻爲孟子，因爲兩人具有同樣憂患黎民的心，故曰「余謂少陵似孟子，蓋原其心者也」③，在《類選唐詩微道助機・心學評》中，周海門指出唐詩如何得以爲「求心之助」：

---

① 袁中道《珂雪齋集》《選序》，上海：上海古籍出版社 1989 年，第 23 頁。
② 周汝登《周海門先生文録》卷三《新安會語》，第 201 頁。
③ 周汝登《類選唐詩助道微機》卷二下《臣道》，第 9 頁。

吾人與生俱生之事，惟有學問一著。學問之要，只在求心。孟子「無他」二字，吐露直截甚矣。孟子之學，溯自虞廷，而得於孔子。虞廷開統，只傳此心。夫子十五志學，以心始；七十從心，以心終，宗旨灼然可據。而後儒以本心歸之釋氏，何耶？即謂儒者本天，天匪心外，心即是天，總之惟心明矣。顧心無二，而求心之工夫不一；心至約，而因心之妙用無窮。心不離睹聞聲臭之中，而實超睹聞聲臭之外。名言俱絶，思慮都忘，知此乃可言心。故心之體至微，而心之學至密，未可以容易承當者也。予生平於此切切，未能通其關棙，而不敢廢乎參求。自聖賢經傳而外，俗語恒言，稍可取證，俱不敢忽。……予近因讀唐詩，而每有儆省，取以謳吟，深得求心之助。吾觀古人讀詩，其取之道有四：一直贊，二觸發，三假借，四微妙。直贊者，以如是人作如是語而贊之，如「爲此詩者，其知道乎」之類是也。觸發者，作者未知，而聽者致察，如觸《滄浪之歌》而發自取之道是也。假借者，詩意在彼，而借明在此，如「豈不爾思，室是遠而」，借明思則不遠之理；「乃積乃倉」、「爰及姜女」，借作好貨好色之徵是也。四微妙，如《易》之韻語，有「豕負塗，載鬼一車，先張之弧，後説之弧」，鏡中花，水中月，劉須溪謂「妙處不必可解」者是也。今予所取，亦竊效兹義，隨取隨録，得若干首云。①

① 周汝登《類選唐詩助道微機》卷一上《心學》，第2頁。

孟子曾曰：「仁，人心也。義，人路也。舍其路而弗由，放其心而不知求，哀哉！人有雞犬放，則知求之，有放心，而不知求。學問之道無他，求其放心而已矣。」①孟子所説的「求心」，是勸人把放逸的本心尋找回來。周海門在「玄門詩」引李商隱之《東還》②，詩云：

自是仙才自不知，十年長夢採華芝。秋風動地黄雲暮，歸去嵩陽尋舊師。

周海門點評時説：「自身本是仙才，自不知，反去他尋。夢想採芝絶世之事，蹉跎十年久矣！暮年始覺，回頭皈依舊師，反求自身，所謂歸而求之有餘者也。義山其有所悟入也哉！」③主旨亦是要點明「歸而求之」的微旨，使人能够在「悟入」後體察本心。此外，《助道微機》之「君道詩」中，選録了高適的詩《宋中》④，詩云：

景公德何廣，臨變莫能欺。三請皆不忍，妖星終自移。君心本如此，天道豈無知。

① 《朱熹四書集注：孟子》《告子章句上》，第276頁。
② 周汝登《類選唐詩助道微機》卷六下《玄門》，第19頁。
③ 同上。
④ 周汝登《類選唐詩助道微機》卷二上《君道》，第19頁。

周海門在點評時説：「君心與天道，隨感而應，此理誠然，猶是兩個。君心即天道，初無有二，故曰『本如此』。天道之知，即吾心之知，故曰『豈無知』。」①其揭示「心即是天」，即指經由求心可體悟天道，此天道乃存於心，心無有二。

周海門在求心工夫途中，一直都持著小心翼翼的態度，除了閱讀聖賢經傳以外，可以印證道心的「俗語恒言」，也不輕易略過。他從詩歌吟誦中，領悟詩歌可以成爲「求心」的「助緣」。至微的心體，難以用言語説得清楚，可是詩歌作爲一種觸媒，卻能讓人把握其微妙處。《心學評》的重要，在於周海門很具體地説明了詩歌可以「助道」的四個要點：一是直贊，表達的是直接與平鋪直敘的情感，一種直抒胸臆的情懷。二是觸發，詩歌具有感發與感染力，可以打動人心，讀者在一種心靈感應當中，可以領悟到超乎作者所知的感受，周海門認爲這是讀者之「自得」，故曰「作者未知，而聽者致察」。三是假借，假借詩歌蘊含的意思，作爲自己所要表達的意喻。最後是詩之微妙，可以讓人體悟如佛教「鏡中花，水中月」的境界。在佛教語境裏，「鏡花水月」旨在消融人們「以妄爲真」的執念，提示「花」與「月」乃是「心」的映射，非真實的存在。回到詩歌的脈絡，這個象喻提醒人們「景虛心實」的微妙之意②。

---

① 周汝登《類選唐詩助道微機》卷二上《君道》，第19頁。
② 可參陳國球《鏡花水月——文學理論批評論文集》，臺北：東大出版社1987年。

周海門曾讚賞邵雍與楊慈湖的詩「淵深奥妙，脱落言詮，止專談悟境」①，又述張無垢詠《論語》絶詩「自闡性靈，遊戲咿唔，描模聖意，如唐人『落月屋樑』、『松際微月』之句，以詩爲畫，面目俱無，而顔容宛爾。」②莫不是因爲他們的詩的意境，能表現出心性之空靈，投射出萬物與吾心的關係。又曰：「近讀康節、慈湖二先生詩，其語彌似禪而旨彌徹，因爲摘揭各數十首以附微旨之後。學者讀此莫問是禪非禪，一味起疑起信，參求既久，有日醒然，庶幾謂之知道，而可以不虛此生。」③莫問此詩是禪非禪，重要是在「參求之心」，能够有所感應與印證自我之道心，此即海門所述詩歌能「助道」之意。

2.「治心」

作詩文時，除了秉持「不容已」之心外，海門亦提出「治心」的需要，其曰：

試看春來百花齊發，發而足賞者發，不足賞者亦發，均不容已於發。不可言孰當發，而孰不當發也。百禽齊鳴，鳴而稱善者鳴，不稱善者亦鳴，均不容已於鳴。不可言孰當鳴，而孰不當鳴

---

① 周汝登《東越證學録》卷七《祁生壁語序》，第562頁。
② 周汝登《東越證學録》卷九《題唱和無垢詩集》，第733—734頁。
③ 周汝登《周海門先生文録》卷四《刻邵楊詩微引》，第228頁。

也。然余爲詩文，如花如鳥，共發共鳴，不容已而已矣。吾又焉知是文非文，是詩非詩哉？存之何意，而去之何心，何用於必存，而亦何消於必去也？大抵才情之工拙，人眼之稱譏，皆不足爲我重輕。……故吾論詩文，未及工拙，而先究爲詩文與所以處詩文之心。此等心若在詩文之外，而要之善觀、善聽者，審之詩文之中，亦大約不能逃。欲事詩文，先治心哉！偶檢舊稿，所作在眼，因自題若此，而且以反察自心，果能不犯前病否？一念兢兢，重在此，不在詩文也。①

周海門以百花齊放爲比喻，指説百花之發，不是以花發之足賞與不足賞作爲衡量，重要是在於「花欲發」；又如百禽齊鳴，並不是以善鳴與不善鳴爲標準，關鍵是在於「禽欲鳴」。遂以爲詩正如花如鳥一般，共發共鳴，都是來自内心一種「不容已」欲望的催促，而非以「才情」或「人眼」爲詩文的衡量標竿。詩文之作，都是生發於内在的情感衝動，欲借詩文將此情感吐露出來。詩或文作爲文學的形式，有它本身内在的情感規律，自發且不受外在條件所影響，若有一些刻意的安排，皆將失造化自然之妙。不但如此，心具有激發原初情感的能力，如果讓心過度受到外在事物的干擾，營營碌碌向外追求，最終將使心役於外物。這樣的心，不只具有哲學意義，也具有審美的情趣與個性。海門曾

① 周汝登《周海門先生文録》卷四《自題詩文》，第215頁。

指出白沙學本自然，其精神命脈，全吐露於詩句中，①「自然」是詩的本質，②表現在詩歌内容的則是「不容已」的襟懷。

有意思的是，周海門提出「欲事詩文先治心」③作爲寫詩的先決條件。周海門直言在論詩文時，不是著重於形式技巧，而是「先究爲詩文與所以處詩文之心」。爲何要「治心」呢？「治心」的方法又是什麽？《類選唐詩助道微機》中的「静趣詩」與「對治詩」或能説明這點。海門在《静趣評》中曾曰：

> 予向來處静良久，而近且馳逐風塵，日在動中。然於初心時戚戚焉，故取古詩，吟詠不置。雖然，吟在口頭，何如身履反之，良自媿矣。④

在這裏，古詩被視爲醫治紛擾的心的解藥，吟詠古詩具有沉澱的作用，能讓身心回到它原來的

---

① 周汝登《東越證學録》卷三《武林會語》，第 243 頁。

② 陳白沙曰：「詩直是難作，其間起伏往來，脈絡緩急浮沉，當理會處，一一要到，非但直説出本意而已。文字亦然，古文字好者都不見安排之跡，一似信口説出，自然妙也。其間體制非一，然本於自然不安排者便覺好。柳子厚比韓退之不及，只爲太安排也。」《明儒學案・白沙學案》《論學書・與張廷實》，第 85 頁。

③ 周汝登《周海門先生文録》卷四《自題詩文》，第 215 頁。

④ 周汝登《類選唐詩助道微機》卷四下《静趣評》，第 25 頁。

狀態。這也可以理解，爲何海門要重讀舊詩，是爲了體察自己當初寫詩的心。這説明當人吟誦詩歌時，能够從詩歌中感受詩人的初心，而詩人的心靈情境，也能够安撫自己過度往外奔馳的心。例如宋之問《下山歌》、王維《輞川閒居》、鄭常《寄邢逸人》等。① 不只如此，「詩心」也能促成經驗的借鑒，如周海門曾以王陽明在龍場造棺，常日坐卧其中爲例，藉以説明陽明直面死亡的不畏之心，猶如《類選唐詩助道微機》中的「對治詩」，把「詩心」比喻爲「尖物」，時時覽之，即能産生治心的作用，周海門曰：

> 夫死，人所畏而終不可逃，故高人大儒猶然如此鍛鍊，而況我輩，可忘蚤計？昔有畏尖物者，伊川令其滿室皆置尖物，予録古詩若干首，悉皆尖物。老病是末之先見者也，置之滿案，時時覽之，蓋未敢言「本無」之大話，聊作「對治」之小乘。此與前「感策」諸詩，殊若相似，可以互觀，然此更覺詞危而勢迫耳。②

《對治》一卷引了劉禹錫《吊柳子厚》、駱賓王《樂大夫挽歌》、張藉《北邙行》等，③强調讀詩要能

① 周汝登《類選唐詩助道微機》卷四下《静趣》，第 30—31 頁。
② 周汝登《類選唐詩助道微機》卷五下《對治》，第 22 頁。
③ 周汝登《類選唐詩助道微機》卷五下《對治》，第 23—25 頁。

反芻詩心，才能產生種種的效用，同時不停滯於文字，透視文字背後所寄託的心靈情感與意識，猶如今日「剝蕉見心」的箋詩方法。

3. 「神解」

在「求心」與「治心」以外，海門對詩的評鑒更是注重「神解」①，這實與他注重「心之精神」②有所關聯。他曾指出孟子的「不可知之」、程子的「密」，皆指向微密之旨，説明心不須外求，自知自信而已③。如前所述，周海門向來不滿訓詁與經義的解道方式，認爲强解容易陷入意見之中。例如他認爲周公之道在於《易》之爻詞與詠文王諸詩，要洞悉兩者所載的秘密，實不容易。孔子曾舉出「樂而玩」解《易》的方式，要人們涵泳於易理，反覆玩味，體悟一旦豁然的快樂境地。這種「無味味之」與「不解解之」的方式，與詩歌的「不識不知」有異曲同工之妙④。詩旨隱晦、微妙，是因爲蘊藏了深奥的道理，需要通過自心的體認，才可領悟詩歌所載的微密之旨。

所謂「神」，是指不可知之妙，周海門在收録「飲酒詩」之《飲酒評》記載的一段話，頗可爲「不可知之妙」的注腳，海門曰：

---

① 周汝登《東越證學録》卷四《越中會語》，第 305 頁。
② 周汝登《東越證學録》卷三《武林會語》，第 225 頁。
③ 周汝登《東越證學録》卷三《武林會語》，第 225 頁。
④ 周汝登《東越證學録》卷三《武林會語》，第 204 頁。

酒本稱聖，口飲之能立臻化境，而詩中酒又稱神，心飲之有不可知之妙乃爾也。或謂他人詩非自己胸中流出，彼得酒之趣者，豈皆所自造乎哉？嗟乎！①

在飲酒時向來愛吟飲酒詩，以上是借醉後之景，以「詩中酒，酒中詩」的意境，形容品詩如品酒般，自有難以言喻的妙處。他人必須自己能打從心裏細細地體察，才能得詩酒之趣，所以又稱「詩中酒」爲「神」，例如《飲酒》一卷引了不少李白的詩句，如《酌酒》《春日醉起言志》《月下獨酌》等②。詩歌中難以言喻的是什麽？海門曾説「思無邪，《詩》之神」③，可見「思無邪」是瞭解「詩之微機」的關鍵字。《助道微機或問紀》記載了相關問題的討論：

或人唯唯，又問曰：「聖人以『思無邪』蔽《詩三百》，故善以感發人，惡以懲創人，義甚著明。子取唐詩，當不外是義，而以爲「微機」，何也？先生曰：「『無邪』之旨，作感善懲惡之解，則篇中『不識不知』、『無聲無臭』、『不已』、『不顯』等語，屬之善耶？惡耶？將以勸耶？懲耶？他若《芣苢》《風雨》諸詩，本無善惡可指，而强作勸懲。無美稱美，非淫謂淫，豈聖人無邪之旨哉？」曰：

① 周汝登《類選唐詩助道微機》卷四上《飲酒評》，第 20 頁。
② 周汝登《類選唐詩助道微機》卷四上《飲酒》，第 2—3 頁。
③ 周汝登《周海門先生文録》卷二《越中會語》，第 155 頁。

「然則『思無邪』，何謂耶？」曰：「蘇子瞻氏不云乎？『無思則土木也，有思皆邪也。是知無邪之思，思而無思也。』《卷耳》思夫，《陟岵》思親，《黍離》思君，『時周』之繹思，烈祖之思成，非無思，非有思也。惡固難指，善亦難名也。推之他篇，莫不皆然。即或有所贊揚，而不作好心，贊而無贊也；即或有所刺譏，而不作惡心，譏而無譏也。夫子曰：『興於《詩》。』詩之被人，如風之長物，萬物孚萌，而神功無朕，無可形容。借『思無邪』之一言，全《詩》旨要，悟此而始盡也。夫知《三百篇》蔽於『無邪』，然後知《易》之卦、彖、象、爻蔽於『無體』，《書》之典、謨、訓、誥蔽於『無爲』。千聖之旨要合，故六經之垂訓同耳。吾人窮經以求道，則必觸類以會經，故予於唐詩，亦竊取斯旨。《心學》卷中，明爲剖發，而《家庭》以下，無一非心思之用。是以總稱『微機』焉。『機』即非無思，『微』即非有思。總以體會『思無邪』之旨而已。」①

「思無邪」向來是中國復古理論中的重要文學觀念，其强調的「温柔敦厚的表現手法與以誠爲本的創作」，往後便成爲詩歌的寫作規範②。但以上這段話，實際上是針對朱熹對「《詩》三百篇」的看法所作的討論。朱熹在注釋孔子「《詩》三百，一言以蔽之，曰『思無邪』」時，曾説道：「凡《詩》之言，

① 周汝登《類選唐詩助道微機·助道微機或問紀》，第1—2頁。
② 簡恩定《中國文學復古風氣探究》，臺北：文史哲出版社1992年，第153頁。

善者可以感發人之善心，惡者可以懲創人之逸志，其用歸於使人得其性情之正而已。」①朱熹强調詩的價值在於「正性情」，它具有揚善懲惡的功能。當人吟誦一首稱頌良善的詩歌時，詩會引發他們内心良善的情感；反之，吟誦一首懲惡的詩歌時，内心則會産生警惕之心②，所以説「詩人之思」是指「情性」③，《詩》三百篇皆出於「情性之正」。周海門不同意朱熹過於著眼於詩的教化功能上，主張「無善無惡」的他認爲「諸詩本無善惡」，不可强加善惡於詩。

「無善無惡」④是周海門的重要思想，它意在「絶名言」，行「無對待」，否定具有先天性的道德判斷。周海門把《大學》的「至善」解釋爲「無善無惡」，並指出「善」是「名言」，倘若先秉持一個先天的道德判斷，把某些事規定爲「善」，容易使它被扭曲爲「不善」。因此在「善」難以被明言，而「惡」又不

---

① 朱熹《論語集注・爲政第二》，《朱子全書》第六册，第 75 頁。

② 徐問「思無邪」。曰：「非言作詩之人『思無邪』也。蓋謂《三百篇》之詩，所美者皆可以爲法，而所刺者皆可以爲戒，讀之者『思無邪』耳。作之者非一人，安能『思無邪』乎？只是要正人心。統而言之，三百篇只是一個『思無邪』；析而言之，則一篇之中自有一個『思無邪』。」《朱子語類》第 23 卷《論語五》，北京：中華書局 1986 年，第 533 頁。

③ 李兄問：「『思無邪』，伊川説作『誠』，是否？」曰：「誠是在思上發出。詩人之思，皆情性也。情性本出於正，豈有假僞得來底！思，便是情性；無邪，便是正。以此觀之，《詩》三百篇皆出於情性之正。」《朱子語類》卷二十三《論語五》，第 533 頁。

④ 王畿曾指出王陽明無善無惡的説法，是旨在破除諸子的執見，不得已的苦心。受孟子性善的影響，後來的人把孔子説詩之意，斷然指爲性善説。然性本無善無不善，既可以言善，亦可以言惡，有善有惡，亦可以言善惡混。再加上出現認情爲性的流弊，故陽明力倡無善無惡以對治之。王畿《王龍溪先生全集 一》卷三《答南明汪子問》第 258 頁。

容易被指認出來的情況下，不應該把善惡絶對化。與他辯論的許孚遠則反對將「善」解構，是相信「善」能確保秩序運作的正規化，且能提供道德制衡的力量。若把善解構掉，將使人找不到道德實踐的下手處，最後恐使工夫疏略，忘卻修行步履的困難。這場論争，各自都有立足點，後人不必立判高下。值得注意的是，周海門在論辯中採取的兩個判準：一，無跡；二，無對治/相對化，常貫穿在他的思想觀念裏，成爲判斷事物的依據與思考模式。例如在《類選唐詩助道微機・禪門》，他曾借范景仁之口，針對是否要合掌膜拜這回事，説明信佛是「信其理，非徇其跡也」①。

善或惡，都是一種「跡」，才可理解爲何周海門要提出「詩本無善無惡」的想法，而這想法實又涉及如何詮釋心與物關係的重要命題。在讀詩時，究竟是要從文字當中去尋找文字的「理」，抑或是去理解文字背後的「心」？周海門不時翻讀舊詩反察自心，就是希望能超越善惡的客觀標準，以直觀的方式把握詩歌背後的情感與心靈。王陽明有一則關於深山中花樹自開自落的故事，頗可説明這個問題。王陽明與友游南鎮時，友人曾指著岩中花樹問陽明説：「天下無心外之物。如此花樹，在深山中自開自落，於我心亦何相關？」陽明回答説：「你未看此花時，此花與汝心同歸於寂。你來看此花時，則此花顔色一時明白起來。便知此花不在你的心外。」②陽明不把花當作客觀物件來看待，而

① 周汝登《類選唐詩助道微機》卷六上《禪門》，第1頁。
② 王陽明《傳習録詳注集評》《黄省曾録》，臺北：學生書局1983年，第332頁。

是用心感知的方式使物的自身映現。換句話説，陽明是用虚靈的心讓花呈現，使花自身的意義朗現。在這樣的脈絡底下，「心」不處在認知的活動狀態，而是呈現虚靈明覺的本來面目。若以詩喻花，意義誠然可以相通。比如説，你讀此詩時，頓然明白了善惡，可是你能把握善或惡的道理，不是像朱熹所説，是詩先具有善惡的道理，所以能够導人性情，並發揮端正人心的作用，那已經是犯了「心外有理」的毛病①。「諸詩本無善惡」是指詩歌裏並非是先具有善惡的理，經由人吟詠後，才爲心所認識。而虚靈自覺的心，原本就具有善惡的理。所以讀詩歌時，要超越語言文字本身，才能破除理障，直接把握文字背後不滯於善惡的自由心靈。周海門曾説「授受不在言語，亦不離言語」②，又説：「凡物可指，而心性不可指，凡事可言，而理會心性處不可言。不可指不可言也，而强指之强言之，則亦有不盡於指與言者，故謂之微。」③如同上面所説，可指涉與名言的都是跡，善或惡，亦然。

周海門與朱熹對「思無邪」理解的差異，在於要如何詮釋「思無邪」之「思」。如前所述，朱熹以爲是「情性」，周海門卻認爲「無邪之思，思而無思」，除了把「思」導向「心之思」而非「情性」之發外，也點出「微機」之妙在於「非有思，非無思」。王畿也曾指出説「無思者，非不思也。無思而無不通，寂而

---

① 周汝登《東越證學録》卷三《武林會語》，第 190—191 頁。
② 周汝登《周海門先生文録》卷一《九解》，第 147 頁。
③ 周汝登《周海門先生文録》卷七《贈剡庠司訓懷蓮趙公升任序》，第 286 頁。

感也。不思則不能通微，不通微，則不能無不通，感而寂也。」①爲解決這個「有思無思」的問題，王畿曾以王陽明的「良知」來作解説，其曰：「良知之思，自然明白簡易，睿之謂也。良知之思，自然明通公溥，無邪之謂也。」②可知「思」指的是心處於自然明通的狀態，不具有借助於見聞的思慮活動。對周海門而言，詩歌中最高的境界，就是要讓人體悟一個明通與靈覺的自然心靈，如羅汝芳所言：「明通皆自神出，則空洞絶無畔岸，微妙回徹纖毫。藏用於溥博淵泉，而實照然聖體，天也而未嘗以人異也。」③所以周海門把詩的感發與感染力形容爲「風」，不外乎是把詩作爲使詩心得以浮現的條件，它本身不具有善惡的價值取向。「詩」應要能超越於價值，詩人所秉持的詩人情懷也應立足於虚靈明通的心，而非以客觀的價值標準爲創作的依據。

（三）詩與學、道的關係

如前所述，周海門編輯《類選唐詩助道微機》的唐詩選集，並非旨在提出一套對詩歌創作擬定指導原則的「唐詩範本」，更多是立足於一個讀者的立場，提出詩歌在理學或心學的學習與追求上，可以讓人感悟「道」的微妙。在《類選唐詩助道微機》中，周海門對「理」著墨不多，它注重的是「心」的

---

① 王畿《王龍溪先生全集 一》卷三《答南明汪子問》，第 247 頁。
② 王畿《王龍溪先生全集 一》卷三《答南明汪子問》，第 247—248 頁。
③ 羅汝芳《盱壇直詮》上卷，第 6 頁。

妙悟。周海門曾舉朱熹以「理」爲作文標準，教導學生爲文前必須先懂至理，學後才可明理，不過後來出現了「戾於理而飾於詞」①的風氣，顯示對心力的把持不定，針對此，周海門曰：

> 學以事心而爲提醒，爲尋求，爲降伏，讀書則不廢乎多聞，妙用則不淪於枯寂。事心之功至，而學尚有他乎？然心雖云事，而心不可名言，則事不容以擬議。悟其微妙，學始爲真。……夫讀唐詩者，吾喜嚴滄浪、劉須溪，雖未知學，卻能知詩，餘腐儒見解，反爲詩病。今之讀《易》者，曾不見有滄浪、須溪其人，不求心悟而惟務强解，《易》道，絶矣！《易》道絶，而心學與之俱絶矣！今吾借詩以明《易》，《易》明而心學明，又烏知禪非禪也？②

清初學者朱彝尊(1629—1709)曾指海門的詩是「白沙定山之體」③，在清代文學批評家的評判準則裏，白沙與定山的詩是傾向「宋詩派」的「理學詩」。周海門也自認最喜讀嚴羽的詩(與詩評)，

---

① 周汝登曰：「夫文必本諸學也，力學而後可以言文。昔有問作時文法於晦翁夫子者，教之曰：『略用體式而檃栝以至理。故爲文必以理爲主，鑒文必以理爲衡。惟學然後可以明理而自信。』今文有戾於理而飾於詞，世爭趣尚之者，識不徹也。即有精研之士，亦知時尚之非，而勢搖風靡，心目用移，卒亦不能自立者，力不定也，皆學不足之故也。」《周海門先生文録》卷五《刻文引言》，第 241 頁。

② 周汝登《類選唐詩助道微機》卷一上《心學》，第 28 頁。

③ 朱彝尊《曝書亭集》，第 56 頁。

《類選唐詩助道微機》中多處載有「滄浪詩評」的文句。《滄浪詩話》標榜「妙悟」爲詩歌創作第一義，在明代無論是主「神韻説」的復古派，抑或主「性靈説」的意境派，都普遍受到《滄浪詩話》的影響。檢視周海門的詩歌觀，的確與嚴羽多有相似，例如兩者皆重「妙悟」，而《詩話》所提及作詩的最高境界「入神」與周海門的「神解」也有共通處。值得注意的是，嚴羽是企圖通過「妙悟」境界，讓人領略詩歌的創作規律與藝術美感，並進一步轉化成詩歌創作與評鑒的能力，周海門則是希望通過「妙悟」來把握微妙的道心。但不約而同的是，兩人都强調「悟先於學」。

另外，周海門提出「借《詩》以明《易》」，又説「《易》明而心學明」，點出了學詩是爲「傳心」的主旨。孔子删《詩》，是爲「傳心」的「道的事業」①。而《易》在理學家心目中，乃是傳心之典，天人性命之根源②。自魏晉以來，《易》便爲士人所重視，衆學者常以闡釋《易》的道理來建立自己的學説。可是《易》極其抽象深奧，後人不易把握，周海門「借《詩》明《易》」的做法便很清楚，詩歌中不只含載複雜的人間情懷、時代感受，亦具有人生哲學原理，這一些都是「心」真實情感的反映。

回到「詩與學」的命題，首要思考的是，究竟周海門所謂的「學」是指什麽。在道學或理學家的觀念裹，「學」一般是指價值觀的思考，或是思考那些指導聖人的價值觀——「聖人之道」。對

---

① 周汝登《東越證學録》卷三《武林會語》，第 205 頁。
② 羅汝芳《盱壇直詮》上卷，第 47 頁。

於作詩這回事，周海門認爲在詩歌創作過程中，如何能把握自己的詩心，以及維護這一顆詩心的自然狀態，便是悟道爲學的過程。作詩亦是爲了明白心性的道理，故曰：「學有根宗，務以明心性爲要。」①換句話説，在進行創作時，如何體察本心應首要被關注，因爲詩亦道心寄託所在，如同孫奇逢所説：「離道而云精於詩，精於文，小技耳。雖有可觀，君子不貴也。」②心體愈精微，「道」的境界愈朗灼。

此外，孫奇逢所提及作詩文離不開道，主要是指詩與學並非二分，説明了文學與道德其實具有共同的基礎，可以相互貫通：

> 弟謂非忠孝人不能作詩人。淵明、子美是何等識趣。人謂二公深於學，故深於詩。子貢論學而知詩，子夏論詩而知學。詩與學正不作歧觀耳。黄石齋合《春秋》《詩》《易》三經爲一。詩之道無微不入，無顯不包，寧直三經？自義、文、周、孔以來，有字之書，無字之理，皆同條共貫；其有不貫者是異端也。弟絶不知詩，而與足下言詩，爲足下已得詩之趣也。③

---

① 周汝登《周海門先生文録》卷七《贈剡庠司訓懷蓮趙公升任序》，第 286 頁。
② 孫奇逢《夏峰先生集》卷十三《語録》，北京：中華書局 2004 年，第 542 頁。
③ 孫奇逢《夏峰先生集》卷二《寄丁野鶴》，第 72 頁。

陶望齡曾説「以詩爲人，以人爲詩」①，透露了所謂的「詩人」不僅僅是一種身份。詩與人可以相互貫通，彼此印證内蘊於二者的價值。换句話説，「詩人」也要能體現「道」的内涵，例如某種道德價值，如孫奇逢所言「非忠孝人不能做詩人」。這不是説「忠孝」是成爲詩人的先決條件，它指的「忠與孝」是人的真性情，這種真實無欺的自然情感，存在於「詩」，與詩的本質是相同的。所以説，「詩」不只是單純的文學形式，它内蘊著某種道德意識。袁中道（1570—1623）亦對「詩人」的具體價值作出解説：「詩文之道，繪素兩者耳。」②又曾曰：

詩之爲道，繪素已耳。三代而上，繪即是素；三代而下，以繪參素。至六朝，繪極矣，而陶以素救之。近日文藻日繁，所少者非繪也，素也。公之詩本於性情，骨色相合，蓋有陶靖節之遺風焉，信乎其爲詩人也。③

把詩文與道比喻成「繪」與「素」，乃借《論語》中所載「繪事後素」的典故④，畫（姿）與紙（素），孰是第

① 陶望齡《歇庵集》卷三《明德詩集序》，第224頁。
② 袁中道《珂雪齋集》卷十《程晉侯詩序》，第470頁。
③ 袁中道《珂雪齋集》卷十《於少府詩序》，第471頁。
④ 《朱熹四書讀本：論語》《八佾》，第31頁。

一與第二義的問題。「詩」作爲一種「形式」的顯現，即是「繪」，袁中道認爲晚明學界缺乏的不是「繪」，而是該形式所依據的根本或底色——「素」(心)，所以提出詩要以「性情」爲本，具有真性情本質的人才足以稱爲詩人。

結論

宋人作詩貴先立意，爲文則重至理，周海門謂「欲事詩文先治心」，破除了文體形式的差異，以爲詩文並不分離，寫文章與作詩並無兩樣，皆以「心」爲最高原則，故要求詩歌亦要具「求心」與「治心」作用。作爲理學家或理學詩人的周海門，並没有掉入在明代尊唐詩或尊宋詩「情與理」對峙的窠臼①，相反，有意並融二者在「一心」。周海門的詩歌觀，注重「心」的作用，表現出「心物一體」的思想立場，如他所説：「物耶？我耶？謂物，則我爲之主；謂我，則物謂之賓。而或謂物與我，兩相觸則樂，豈物我和者耶？」②頗有「莊周夢蝶」一種没有對待的意境。重點更在於「觸」，講求心靈的相通

① 明代學者楊慎曰：「唐人主情，去《三百編》近，宋人詩主理，去《三百篇》卻遠矣。」《升庵詩話》卷八《唐詩主情》，《歷代詩話續編》，第799頁。
② 周汝登《東越證學録》卷十一《車駕司置書記》，第895頁。

與契合，可以相互感應或印證。所以把詩歌之「神解」視爲詩歌的最高境界。① 在這個狀態裏，「心」所表現的是一種「無思」的自然狀態，也具有貫通萬物的能力。因此，在「一心」的心學立場下，周海門並没有嚴格把「文」與「道」分隔開來，而「文」也不需要與「道」合，因爲「文」即包涵「道」。這樣的文學視野與觀念，構不成「文與道離」或「文與道合」的問題，反而可以消解文與道之間的緊張關係。

左東嶺曾針對公安派與陽明心學關係的探討，提出兩種可能：一是順延性的，即從陽明心學原來哲學的良知觀念發展爲審美的文學觀念，此可稱之爲「踵事增華」；二是變異性的，即對原來的儒家倫理内涵進行了剔棄與改造，此可稱爲「旁枝異響」。② 依循周海門詩觀的心學立場，無疑是比王陽明更進一步，用一種超越善惡價值的眼光，直接把握「靈通」、「無思」與「無善無惡」之心。雖説此乃順延王陽明的心學發展，卻也抽離了它的倫理價值，走向一個飄渺的空靈意境。而周海門詩歌觀中過於突顯作者的哲學立場，雖在心物感應、情感與意境層面對文學創作提供資源，但其會否侵蝕文學本身的獨立性，亦有待思考。

---

① 晚明時期，與陽明學有淵源的詩人，各自標榜自己的「詩説」，争鳴激烈，如李贄的「童心」、徐渭的「本色」、湯顯祖的「有色」，以及屠隆的「適性」説等。另有公安派詩人闡釋「性靈」，竟陵派主張「隱秀」、山左詩人標舉「齊風」，還有所謂的俠詩、禪詩等，多不勝收。李聖華《晚明詩歌研究》第 4 頁。

② 左東嶺《明代心學與詩學》，第 374—376 頁。